Karl-Wilhelm Gabbert

Mörderische Sommerferien

Originalausgabe – Erstdruck

Karl-Wilhelm Gabbert

Mörderische Sommerferien

Oldenburg- und Insel-Krimi

Schardt Verlag Oldenburg

Bibliografische Information *Der Deutschen Bibliothek*

Die Deutsche Bibliothek verzeichnet diese Publikation in *Der Deutschen Nationalbibliografie;* detaillierte bibliografische Daten sind im Internet über *http://dnb.ddb.de* abrufbar.

1. Auflage 2005

Schardt Verlag
Uhlhornsweg 99 A
26129 Oldenburg
Tel.: 0441-21779287
Fax: 0441-21779286
Email: schardtverlag@t-online.de
Herstellung: Fuldaer Verlagsanstalt

ISBN 3-89841-228-8

1

„Komm, auf! An die frische Luft!"

Der ältere, distinguiert wirkende, überkorrekt gekleidete Herr legte seinem Hund, der auf den klangvollen Namen Amando hörte, die Leine um, ergriff seinen Handstock und verließ das Haus. Amando, ein Tibetanischer Hütehund mit wuscheligem, schwarzen Fell und wohlerzogen, trottete freudig und quirlig neben seinem Herrchen her. Der Spaziergang ging durch die Elisabethstraße, an den Gerichten und dem Augusteum vorbei, ein Stückchen den Schloßwall entlang und dann durch den Eingang beim Teich in den Schloßgarten.

Die Sonne zeigte ihre ersten schüchternen Strahlen. Ein leichter, angenehmer Wind strich durch das üppige Grün der Bäume, Sträucher und der Pflanzenvielfalt des weitgestreckten Parks. Es roch nach morgendlicher Frische. Bald verließen Herr und Hund den Schloßgarten und bummelten an den imposanten, langgezogenen Bauten des neuen Huntebades entlang, das nach dem Willen der Oldenburger Kommunaloberen den Namen *Olantis* zu tragen hatte, eine vieldiskutierte Kunstbezeichnung, über die sich die städtische Bevölkerung ganz und gar nicht einig war.

Das Ziel, die breite, lauschige Fußgängerbrücke über der Alten Hunte, war fast erreicht. Mit ein paar Schritten mußte noch der große Parkplatz unter der Autobahn beim Marschweg-Stadion überquert werden. Wegen der frühen Tageszeit standen nur ein paar vereinzelte Autos da, wohl noch vom gestrigen Tag. Das Parkgelände war an den Seiten zum Teil von dichtem Grün mit Büschen und kleinen Bäumen umschlossen, wirkte dennoch unter der wuchtigen Betondecke der Autobahn kalt und dunkel, ja ein bißchen unheimlich. Die hintere Grenze zur Hunte war durch eine Reihe dicker Steine und Findlinge markiert, hinter denen ein kleiner, schmaler Spazierpfad direkt am Wasser entlang führte.

Amando durfte ein Stückchen ohne Leine herumlaufen. Irgendwie schien er plötzlich unruhig zu werden. Er preschte im hinteren Wenderondell des Parkplatzes bei der Steinreihe auf einen der großen Kanaldeckel zu, der hinter einem der riesigen, grauen Betonpfeiler etwas versteckt lag. Aufgeregt mit dem Schwanz wedelnd, schnüffelte das Tier an dem runden, schweren Deckel herum.

„Hierher, Amando, komm schon, wir wollen weiter!“

Als der Hund überhaupt nicht auf die Aufforderung reagierte, ging sein Herrchen, etwas unwillig mit dem Kopf schüttelnd, auf die hintere Parkplatzstelle zu und machte die Leine bereit. Amando schien aber magisch von der runden Stelle angezogen zu werden. Sein Bellen wurde zu einem lauten Gekläffe, und seine Schnauze bohrte sich fast in die kleinen Luftlöcher des Kanaldekkels.

„Was machst du da, was soll dies Getöse? Komm endlich!“

Der ältere Herr wurde langsam ungeduldig. Aber war da vielleicht irgendwas Besonderes? Stimmte da was nicht? Sollte er mal nachsehen? Er fuhr mit seinem Stock über den Kanaldeckel, erst über das Betonrund in der Mitte, dann über den äußeren Eisenkranz, der das innere Stück umschloß. Er versuchte jetzt, durch eines der engen, schlitzähnlichen Löcher in das Innere des Schachtes zu sehen. Aber nichts war zu erkennen, zumal die Stelle wegen der oben entlangführenden Autobahn dunkel im Schatten lag. Er stocherte so gut es ging in einer der Öffnungen – aber da war nichts. Mit einem komischen Gefühl versuchte er das gleiche mit einem der anderen Löcher. Da – da war doch irgendein Widerstand, nicht sehr stark oder fest, eher nachgebend, weich, irgendwie undefinierbar. Sollte da ein totes Tier, ein größeres ...? Unsinn, wie könnte das da reingekommen sein? Dennoch – sehr merkwürdig und ungewöhnlich das Ganze!

„Ist ja gut, Amando, gib doch endlich Ruhe!“

Soll ich etwas unternehmen? Bei der Polizei anrufen? Oder beim Tiefbauamt oder der Straßenmeisterei – gibt’s so eine Behörde überhaupt? Ich blamiere mich womöglich; die machen sich lustig über mich, amüsieren sich über so einen wichtigtuerischen Trottel. Aber trotzdem: Müßte man da nicht mal nachsehen? Er blickte auf seinen Hund, der sich noch immer wie wild gebärdete. Also gut, ich rufe mal an. Er besaß ein Handy; seine Enkelkinder hatten ihm eins zu Weihnachten geschenkt. Aber er trug es natürlich mal wieder nicht bei sich. Typisch. Man soll doch auf seine Frau hören.

„Nimm dein Handy mit, du weißt nie, wozu es gut ist“, hatte sie ihm immer wieder eingeschärft. Na ja. Aber was soll’s, er wußte ja die Telefonnummer, die er jetzt brauchte, eh nicht auswendig.

„Hör, Amando, wir gehen jetzt nach Hause.“ Dann würde er die Sache weitergeben.

In seiner Wohnung angekommen, ließ sich der Mann von seiner Frau das Fernsprechbuch geben, blätterte kurz darin und fand schnell die Nummer des Polizeioberkommissariats Raiffeisenstraße in der Innenstadt. Er bekam sofort Verbindung, nannte seinen Namen und seine Adresse und berichtete von der Sache.

„Mir ist meine Meldung etwas peinlich“, sagte er, „vielleicht ist das ein völlig blinder Alarm. Darf man Sie überhaupt mit einer solchen Bagatelle behelligen?“

Der Beamte reagierte unerwartet freundlich.

„Das ist schon in Ordnung. Vermutlich ist da wirklich nichts. Was sollte auch sein. Aber trotzdem, ich kümmere mich darum und lasse da mal nachsehen. Beschreiben Sie mir doch bitte noch einmal die genaue Lage des Kanaldeckels.“

Der Mann tat es.

„Aha, schön. Ich schicke also gleich jemanden von unseren Leuten vorbei. Danke für Ihren Anruf.“

Der Mann legte auf und blickte zu seiner Frau. Jetzt war ihm wesentlich wohler zumute.

Der Beamte im Streifenwagen nahm den Hörer, da es klingelte, ans Ohr. „Ja, was gibt's?“

„Sag, wo seid ihr im Moment?“

„Sind in der Hauptstraße beim Eversten-Holz an der Ecke zum Hoyers Gang. Sprechen gerade ein paar Takte mit zwei Radfahrern, die nebeneinander auf der falschen Seite gefahren sind.“

„Gut, paßt auf! Vor ein paar Minuten hat hier so'n ulkiger Typ angerufen, dem da etwas bei seinem Spaziergang nicht geheuer vorgekommen ist.“ Er berichtete seinem Kollegen kurz von dem Gespräch und fuhr dann fort: „Fahrt doch mal da zum Marschweg-Parkplatz hin, und seht euch die Chose an!“

„Toller Auftrag. Aber verstanden, machen wir.“

2

Etwas besseres Wetter, gerade am heutigen ersten Tag der Sommerferien, könnte es schon sein, sagte sich Oberstudiendirektor Dr. Hans-Wilhelm Gollenwald. Auch heute war er, wie so oft, nicht mit seinem Mercedes 300

SE, Baujahr 1992, sondern mit seinem Fahrrad zur Schule gekommen. Das ziemlich neue Rabeneick-Rad mit dem übergroßen Rahmen und dem sehr hoch gestellten Schwungsattel, den er gern als seinen „Mercedes-Sitz“ bezeichnete, besaß weithin – ähnlich der knallroten Mütze eines bekannten Oldenburger Geschäftsmannes – fast den Status eines persönlichen Markenzeichens. Auf der üblichen 15minütigen Fahrt von seiner Wohnung am Mehlbeerenweg durch den Hörneweg, die Bloherfelder Straße und das Haarenfeld hatte ihn zwischen dem Hotel-Restaurant *Zum Lindenhof*, dem Bürobedarfsgeschäft Egon Rüther und der Raiffeisenbank beim Postenweg ein dicker Regenguß erwischt, und das ohne Schutzzeug.

Nun saß er, alles andere als mißmutig, hinterm Schreibtisch in seinem Dienstzimmer. Die leichte Sommerjacke hatte er an der Garderobe im Vorzimmer aufgehängt, und die Cordhose würde schon von selbst trocknen. Die Tasse Kaffee mit dem üblichen kleinen Schuß normaler Milch, die ihm seine Sekretärin mit einem munteren „Moin, Chef!“ gebracht hatte, würde er sich gleich in Ruhe zu Gemüte führen. Er griff das ein bißchen überdimensionierte Trinkgefäß mit der Aufschrift *The Boß* und nahm einen kräftigen Schluck daraus. Dann schaltete er den PC ein und widmete sich den neuesten Schülerdaten.

Hans-Wilhelm Gollenwald stammte aus Westerstede, dem Hauptsitz des Ammerlandes, wo er das Gymnasium besucht und sein Abitur abgelegt hatte. Nach dem Studium an den Universitäten Marburg und Göttingen hatte er die Referendar- und Assessorenzeit am Wirtschaftswissenschaftlichen Gymnasium in Nienburg absolviert und war dort schon in jungen Jahren zum Oberstudienrat und bald darauf zum Studiendirektor und Stellvertreter des

Schulleiters befördert worden, bevor ihm das Kulturministerium die jetzige Position in Oldenburg übertragen hatte.

Der 43Jährige war ein hochgewachsener Mann von über einsneunzig; mit einigem Wohlwollen konnte man ihn noch als schlank bezeichnen. Er hatte dunkelblondes Haar, das sich an den Schläfen leicht zu lichten begann. Sein meist freundliches Gesicht wurde von einer kräftigen Nase dominiert; gern witzelte er in diesem Punkt über sein „klassisches Römerprofil". Obwohl der Weiblichkeit durchaus gewogen, war Gollenwald immer noch Junggeselle. Natürlich hatte er hier und da eine Beziehung, einmal sogar eine etwas festere; aber die Richtige war ihm noch nicht über den Weg gelaufen, um es mit seinen eigenen Worten auszudrücken.

Seit fünf Jahren leitete er nun das *Ludwig-Erhard-Bildungszentrum* in der Ammerländer Heerstraße in Oldenburg. Mit den verschiedenen Schulzweigen beziehungsweise Abteilungen – unter anderem einer Berufsschule für Wirtschaft, Recht/Verwaltung und Gesundheit, einer Höheren Handelsschule, einer zweijährigen Berufsfachschule, einer Fachoberschule für Informatik sowie dem Wirtschaftsgymnasium – gehörte dies vielgestaltige Bildungssystem mit seinen zweitausend Schülern und über einhundert Lehrkräften zu den größten seiner Art im norddeutschen Raum. In dem Umfang dieser Anstalt sah Gollenwald kein Problem für seine Arbeit, im Gegenteil, er schätzte das breite, pädagogische Betätigungsfeld wie auch die Zusammenarbeit mit dem Kollegium, den Eltern, der Wirtschaft und vor allem natürlich mit den Schülern.

Dr. Gollenwald lehnte sich bequem in seinem ledernen Drehsessel zurück, schlug die Beine übereinander und stützte das Kinn in die linke Hand. Dabei summte er, wie er es fast immer tat, wenn er allein war, vor sich hin, und das nicht einmal leise. In der Auswahl der Melodien zeigte er wenig Kreativität, denn hatte er erst einmal ein paar Takte im Ohr und dann auf den Lippen, blieb er oft stundenlang dabei. Im Moment war der Marsch aus dem Film *Die Brücke am Kwai* dran; vielleicht würde nachher *Strangers in the night* folgen, einer seiner Lieblingshits, bei dem er nicht selten versucht war, Frank Sinatra zu imitieren – allerdings nicht allzu erfolgreich.

Nach den besonders arbeitsreichen, teils hektischen letzten Wochen des Schuljahres mit Prüfungen, Konferenzen, Elternbesprechungen, dem Abitur des Wirtschaftsgymnasiums, war nun, am ersten Tag der Sommerferien, eine gewisse Ruhe eingekehrt. Als Leiter der Schule waren Gollenwald und auch die Mitarbeiterinnen des Sekretariats zum Teil in den Ferien anwesend. Verwaltungsarbeiten liefen, wenngleich in vermindertem Umfang, auch jetzt weiter, und die letzten Vorbereitungen fürs neue Schuljahr mußten getroffen werden.

Der Direktor dachte an gestern zurück. Am letzten Schultag nach der dritte Unterrichtsstunde pflegte sich das Kollegium zum sogenannten Ferienfrühschoppen zusammenzufinden. Das war langjährige Tradition. Mehrfach hatte die große Runde im Biergarten des Hundsmühler Gesellschaftshauses *Wöbken* stattgefunden, einige Male in der der Schule nahegelegenen Wechloyer Gaststätte *Zum Drögen Hasen* wie auch in den Räumen der *Ziegelhof*gastronomie im Stadtteil Bürgerfelde – direkt gegenüber dem Oldenburger Polizeipräsidium. Gestern hatte sich das Ganze, vorbereitet und gestaltet vom Personalrat, erstmals auf dem Schulgelände abgespielt. Gollenwald war etwas später zu seiner Lehrerschaft gestoßen, denn er mußte sich morgens einem sehr wichtigen

Besucher widmen. Bankdirektor Horst-Wendelin Schöllenberger, Vorsitzender des Förderkreises der Schule, hatte sich bei ihm verabredungsgemäß eingefunden, um die Strategie für eine Spendenaktion gegenüber Eltern und der Oldenburger Wirtschaft zu erörtern.

„Ich wünsche Ihnen erholsame Ferien“, hatte der Gast beim Abschied zu Gollenwald gesagt.

„Und Sie, Herr Schöllenberger, machen doch mit Ihrer Gattin sicher auch Urlaub in dieser schönen Jahreszeit?“

„Klar, werden wir. Meine Frau und ich wollen mal raus. Wir brausen morgen ab in unser Ferienhaus und wollen da ein paar Tage verbringen und uns den Wind um die Nase wehen lassen.“

Gollenwald war froh, den Bankdirektor vor einem Jahr als Vorsitzenden des Förderkreises gewonnen zu haben, denn Schöllenbergers Renommee und seine weitreichenden Verbindungen hatten schon manch Gutes für die Schule erbracht.

Dr. Hans-Wilhelm Gollenwald lächelte verschmitzt, als er an den anschließenden Frühschoppen dachte. Eigentlich war für ihn daraus ein Spätschoppen geworden, denn er gehörte, keineswegs zum ersten Male, zu den letzten, die die Kollegiumsfete verlassen hatten. Er zog die Stirn leicht in Falten und wußte, daß er, ziemlich angesäuselt, wie er gewesen war, trotz seiner Trinkfestigkeit nicht auf dem Bike nach Hause hätte radeln dürfen. Na ja, sein Lieblingsbier, das schwarze Köstritzer, wie auch das ergiebige Gespräch mit Schöllenberger, hatten ihn beflügelt, und es war ja nun mal gutgegangen.

3

„Dinge gibt's", sagte der Beamte im Streifenwagen kopfschüttelnd zu seinem jungen Kollegen. „Wir sollen eben beim Stadion-Parkplatz unter der Autobahn vorbeifahren und da einen Kanaldeckel beziehungsweise den Schacht in Augenschein nehmen." Sie wendeten und fuhren durch den Marschweg.

„Na und?" antwortete dieser. „Ist doch gut. Mal was anderes. Dann spielen wir halt Sherlock Holmes. Weißt du", dabei grinste er von einem Ohr zum anderen, „vielleicht finden wir da 'ne Leiche, und die nehmen wir dann als Sommerpräsent mit aufs Revier."

„Laß deine Witze am frühen Morgen!"

Der Jüngere ließ aber nicht locker und setzte noch einen drauf. „Oder noch besser: In so einem Schacht hat sich einer, des Lebens auf dieser schnöden Welt überdrüssig, häuslich eingerichtet, den stöbern wir auf und fragen ihn nach seinem Wohnberechtigungsschein."

„So, jetzt ist Schluß mit deinen Blödeleien. Finito. Schließlich sind wir im Dienst. Gleich sind wir ja auch da."

Sie stellten ihr Auto neben einem der Betonpfeiler ab, stiegen aus und standen schnell an der besagten Stelle. Etwas ratlos und unschlüssig beäugten sie den beschriebenen Kanaldeckel.

„Was machen wir jetzt?"

„Null Ahnung. Was soll hier eigentlich sein?"

„Egal, wir müssen den Deckel hochheben und reingucken."

„Klar. Aber wie? Das schaffen wir so nicht. Wir müßten so'n Öffnungsgerät dabeihaben."

Der Ältere der beiden zuckte mit den Schultern. „So'n Käse. Und das hier alles am ersten Tag der Sommerferien. Ich mache, wie du weißt, ab morgen Urlaub mit meiner ganzen Familie und wollte noch meinen Schreibtisch aufräumen und euch ein paar Sachen übergeben. Und nun so was, wirklich."

„Ich hab 'ne Idee. Die Jungs von der Feuerwehr kennen sich in solch einem Fall aus. Da kann doch eben einer vorbeikommen und das nötige Gerät mitbringen. Die freuen sich, uns mal helfen zu können."

„Gar nicht so abwegig. Hast recht. Wir richten sozusagen ein Amtshilfeersuchen an die." Dabei sprach er das Wort „Amtshilfeersuchen" mit einem hintergründigen Lächeln aus und zog es in die Länge.

Statt einer Antwort eilte sein Kollege zum Wagen, rief per Funk bei der Feuerwehr in der Auguststraße an und erklärte in knappen Worten, um was es ging. „Uns ist es ganz schön peinlich, euch mit dieser Sache zu belatschern. Aber wir kriegen das Ding ohne Hilfsmittel verdammt noch mal nicht hoch."

Der Mann in der Feuerwehrzentrale grinste anzüglich bei dieser Formulierung. „Wie schade", sagte er dann aber dienstlich ernst: „Ich gebe das weiter. Da wird gleich jemand von uns kommen. Der bringt zwei Schachthaken mit."

„Danke."

Es vergingen kaum mehr als zehn Minuten, da erschienen zwei Feuerwehrleute in Uniform auf der Bildfläche. Sie sprangen aus ihrem Auto, griffen zwei Hebehaken und gingen zu den wartenden Polizisten.

„Gut, daß ihr kommt."

„Alles klar, was ist zu tun?"

„Diesen Deckel hier öffnen."

„Null Problemo."

Die beiden Männer steckten je einen Haken in zwei sich gegenüber liegende Löcher und hoben ohne große Mühen die wuchtige Platte aus Beton und Eisen hoch. Neugierig schauten alle vier in den Schacht – und prallten entsetzt zurück.

„Große Scheiße. Da steckt einer drin!"

Ein penetranter Geruch stieg in ihre Nasen. Sie wandten sich für einen Augenblick schaudernd weg.

„Hier, ich hab eine Taschenlampe." Er leuchtete in den Schacht. Ein menschlicher Körper war jetzt deutlich zu erkennen.

„Hol schnell den Handscheinwerfer", rief der eine Feuerwehrmann zu seinem Kollegen. Der lief zum Wagen und kam mit der Großlampe, die er schon auf dem Weg eingeschaltet hatte, zurück. Er richtete den dicken, hellen Lichtstrahl in das Innere des Schachtes.

„Mein Gott, wirklich ein Mensch."

„Laß mal sehen. Der ist mausetot. Schätze, daß der schon seit Tagen hier drin hängt."

„Sollen wir die Leiche rausholen?"

„Nee, noch nicht. Der Tote ist ja nicht von selbst da reinspaziert. Der muß von jemandem reinbefördert worden sein."

„Ob der schon tot war oder nur bewußtlos?"

„Was zum Teufel weiß ich? Aber das ist auf jeden Fall eine Sache für unsere Kollegen von der Kripo."

Nachdem er in knappen, präzisen Worten die Sachlage durchgegeben hatte, wandte er sich den drei anderen zu. „Wir sperren den Bereich hier weiträumig ab und sehen uns schon mal nach etwaigen Spuren hier im Parkbereich, aber auch in den Begrenzungen zu den Seiten und zur Hunte hin um. Nachher kommt die Spurensicherung, die wird sich hier alles gründlich ansehen."

„Was ist mit uns?“ fragte einer der beiden Feuerwehrleute.

„Bleibt auf jeden Fall hier, unsere Kollegen müssen gleich kommen.“

„Sollen wir schon mal mitsuchen?“

„Ist gut gemeint. Aber überlaßt das lieber uns.“

4

Inzwischen standen ein paar Schaulustige sowie Autofahrer da, die mit ihren Pkw zum Parken gekommen waren und mitbekommen hatten, daß am Ende des Geländes etwas im Gange war. Da kam auch schon der erwartete Polizeiwagen in zügiger Fahrt herangebraust. Als erster stieg Kriminalhauptkommissar Arnold Reismüller aus; ihm folgte sein junger Mitarbeiter, Kriminalkommissar Tom Hildebrand, beide vom ersten Fachkommissariat, der Mordkommission. Sie brachten den Polizeiarzt Dr. Ernst Ziesenhoff und ihren Fotografen mit. Nachdem er die umstehenden Autofahrer aufgefordert hatte, sich zurückzuziehen, zumindest aber in angemessener Entfernung zu bleiben, ließ Reismüller sich und seine drei Begleiter vom bisherigen Geschehen ins Bild setzen.

„Danke“, sagte er, „dann wollen wir doch mal schaun.“

Die vier betrachteten den Toten im Schacht. Der Körper hatte sich kopfoben in den breiten Steigeisen verfangen und war deswegen nicht bis zum Boden durchgerutscht. Der Kopf des Toten hing schräg abgewinkelt nach rechts. Haare, Hals und ein kleiner Teil des Gesichts waren zu erkennen. Das eine Bein lag auf einem der unteren Steigeisen, das andere hing herunter und baumelte bis knapp oberhalb der Wasser- und Schmutzrinne am Grund des zweieinhalb Meter tiefen Schachtes, der oben eng war, sich aber nach unten konusmäßig breiter wurde. Eifrig schoß der Fotograf Aufnahmen von allen Seiten, und der Hauptkommissar stellte noch ein paar Fragen an die beiden Schutzpolizisten.

„So, dann holen wir die Leiche raus. Aber seid vorsichtig!“

Die Männer bargen den Körper, was einige Mühe machte, und legten ihn behutsam auf die bereitstehende Bahre. Der Tote bot einen wenig schönen Anblick. Die schwarzen, leicht angegrauten Haare hingen strähnig herunter. Das Gesicht war aufgedunsen und entstellt. Bekleidet war er mit Hemd, Krawatte, grauem Anzug, dunklen Strümpfen und schwarzen Schuhen. Die auffällig gute Kleidung sah arg mitgenommen und ramponiert aus. Hemd und Anzug waren zerknittert und total verschmutzt, die Strümpfe hingen herunter. Das Schuhleder war gewellt und rissig, die schwarze Farbe stellenweise zu einem schmutzigen Grau aufgelöst.

Dr. Ziesenhoff kniete neben der Leiche.

„Können Sie schon etwas sagen, Doktor?“ fragte Reismüller.

„Ich denke, der Mann ist um die Fünfzig, etwa einsfünfundsechzig groß, schmächtige Statur, ovales Gesicht.“

„Das sehe ich selber. Ich meine den Todeszeitpunkt.“

„Hm, schwer zu sagen. Ich schätze mal“, er überlegte ein paar Sekunden und kratzte sich am Hinterkopf, „round about zwei Wochen, knapp zwei Wochen. Hier, sehen Sie sich das an – das Gesicht zeigt erste Zersetzungsspuren, die sind aber sicher mit auf die von unten aufsteigenden aggressiven Fäulnis- und Fäkaliendämpfe im Schacht zurückzuführen.“

„Todesursache?"

Der Arzt betastete den Kopf vorsichtig, hob ihn etwas an und drehte ihn leicht. „Das kann ich jetzt noch nicht genau sagen. Hier jedenfalls verläuft eine tiefe, längliche und ziemlich breite Wunde am Hinterkopf. Sieht nach einem mit Wucht geführten Hieb aus. Ein paar Haare kleben darin."

„Mit einem schweren Gegenstand, zum Beispiel einer Eisenstange?"

„Könnte sein, jedenfalls so ähnlich."

„Dann ist die Person möglicherweise erschlagen worden."

„Ja. Genaues werden wir durch die Obduktion feststellen."

„Sie veranlassen das."

„Ja, natürlich. Ich kümmere mich um den Abtransport ins Rechtsmedizinische Institut am Dobben."

„Der Obduktionsbericht, Doc, wann?"

„Ich weiß, ich weiß. Wenn es nach euch von der Kripo geht, möglichst gleich in dieser Minute."

„Na, wir wollen die Kirche im Dorf lassen. Aber gleich morgen früh?"

„Ich will sehen, was sich machen läßt. Wenn's zu schaffen ist, ja."

„Sagen Sie", schaltete sich Hildebrand etwas wichtigtuerisch ein, „es wird doch wohl Gen-Material vom Toten zurückbehalten?"

Ein leicht mißbilligender Blick des Arztes richtete sich auf ihn: „Selbstverständlich, das wird in so einem Fall immer automatisch gemacht, wie Sie sicher in der Polizeischule gelernt haben. Das Material geht ans Landeskriminalamt nach Hannover und wird dort registriert und gespeichert."

„Noch eine – vielleicht dumme – Frage. Der Mann war sicherlich tot, als er in den Schacht gezerrt wurde. Könnte er theoretisch noch gelebt haben und vielleicht bewußtlos gewesen sein?“

„Theoretisch ist manches möglich. Ganz genau können wir da nichts feststellen. Sie können aber davon ausgehen, daß der Mann getötet und dann in den Schacht gebracht wurde.“

Der Leichenwagen war inzwischen vorgefahren. Der Tote wurde in die Zinkwanne gelegt und abtransportiert. Dr. Ziesenhoff verabschiedete sich. Hauptkommissar Reismüller wandte sich an die Feuerwehrleute. Es sei doch so, daß nicht unbedingt zwei Personen zur Öffnung eines Schachtes notwendig seien. Das könne doch sicher auch einer alleine schaffen. Das sei durchaus möglich, wurde ihm geantwortet; der Betreffende müsse allerdings einigermaßen kräftig sein und notwendigerweise irgendein Gerät zum Heben dabei haben. Reismüller bedankte sich bei den beiden Männern von der Feuerwehr und verabschiedete sie.

„Habt ihr noch irgendwas festgestellt?“ fragte er die zwei Streifenbeamten.

„Nein“, antwortete der Ältere, „wir haben nichts gefunden, allerdings haben wir ja auch nur sehr kurz das Gelände inspiziert.“

„Dennoch vielen Dank für euren Einsatz.“ Er winkte seinen Kollegen Hildebrand, der sich am Parkplatzrand umsah, zu sich. „Ruf doch gleich unsere Leute von der Spurensicherung an. Die sollen sich hier überall gründlich umtun. Einer soll sich darauf einstellen, in den Schacht zu klettern.“

„Mach ich.“

„Gut, ich fahre jetzt ins Präsidium. Du wartest hier am besten auf unsere Spurenleute und kommst dann nach. Bis dann.“

5

Es war später Nachmittag geworden. Nach der Beendigung eines Interviews, das er der *Nordwest-Zeitung* gegeben hatte, saß Arnold Reismüller am Schreibtisch seines Dienstzimmers, eines mittelgroßen, zweckmäßig, aber nicht ungemütlich eingerichteten Raumes, den er gern als „seine Amtsstube“ bezeichnete. Seit zwölf Jahren war der 56jährige nun Chef der Oldenburger Mordkommission. Er trug den offiziellen Titel „Erster Kriminalhauptkommissar“, wie es das Namensschild an seiner Tür auswies.

Reismüller stammte aus Wardenburg, einem Städtchen an der Hunte im Landkreis Oldenburg. Nach dem Abitur an der Graf-Anton-Günther-Schule und der Polizeiausbildung war er lange Jahre im ostfriesischen Leer als Kripo-Beamter tätig gewesen, bevor er 1988 nach Oldenburg gekommen und wenig später zum Leiter des Fachkommissariats I befördert worden war. Der hochrangige Polizist erinnerte mit seinem seriösen Auftreten und seiner souveränen, erfolgreichen Arbeitsweise an Oberinspektor Derrick alias Horst Tappert. Reismüller war eine stattliche Erscheinung mit leicht gelichtetem Haar, energischen Gesichtszügen, schlanker Figur und einer grauf-arbenen Brille, die er allerdings nur beim Lesen benutzte. Er ging stets äußerst korrekt gekleidet, mitunter ein bißchen zu konservativ. Heute trug er einen hellen Sommeranzug mit blauem Oberhemd und dazu eine passende, dezent gelbliche Krawatte. Es klopfte.

„Ja, bitte."

Kriminalkommissar Tom Hildebrand trat ein und wurde von seinem Vorgesetzten mit einer einladenden Handbewegung zum Sitzen aufgefordert. Der Kommissar war erst kürzlich als junger Beamter von 27 Jahren – nach seiner Polizeiausbildung und einigen positiv beurteilten Berufsjahren – der Mordkommission zugeteilt worden. Er hatte ein rundliches, freundliches Gesicht, war nicht sehr groß, so etwas über einssiebzig, dabei beweglich, engagiert und zuweilen sogar etwas übereifrig. Im Gegensatz zu seinem Chef war er leger angezogen. Heute trug er ein knallig kariertes Sommerhemd und eine beige Kordhose, die farblich so gar nicht zum Hemd paßte und überdies schon bessere Tage gesehen hatte.

Reismüller und Hildebrand duzten sich. Zur Überraschung des Jüngeren hatte ihm der Vorgesetzte schon frühzeitig das Du angeboten und dazu gesagt: „In unserem Team lassen wir das Sie weg."

Hildebrand hatte sich zunächst schwer getan, seinen Chef, dem er großen Respekt entgegenbrachte, zu duzen, inzwischen aber ging ihm das Du leicht von den Lippen.

Dritte im Team war Kriminaloberkommissarin Ann-Kathrin Herzheim, die heute nicht dabei sein konnte, weil sie in den Polizeiämtern in Hude und Rastede wegen einer regional operierenden Hehlerbande zu tun hatte, hinter der sie schon lange her waren.

„Haben wir schon was von der Spurensicherung gehört?" fragte Hildebrand.

„Noch nicht; ich erwarte aber noch heute nachmittag Näheres."

„Und die Autopsie? Hat sich der Pathologe schon gemeldet?“

„Ziesenhoff hat den Bericht für heute früh versprochen. Der hält, was er sagt.“

„Vielleicht gibt uns das ja Aufschlüsse.“

„Das wäre zu hoffen. Spielen wir die Sache, wie sie sich zugetragen haben könnte, doch einfach einmal durch. Also der uns unbekannte Mann wird getötet, vermutlich erschlagen. Das ist sicherlich nicht auf dem Parkplatz in der Nähe des Schachtes passiert, denn tagsüber ist das kaum denkbar. Daß sich Täter und Opfer nachts dort begegnet sind oder verabredet hatten, ist unwahrscheinlich. Die Tat ist an anderer Stelle geschehen.“

„Der Mörder bringt also den Mann irgendwo anders um.“

„Wo genau, das ist uns unbekannt.“

„Ja, aber egal wo, er kann den Toten nicht am Tatort liegen lassen, sondern muß oder will ihn fortschaffen. Er kennt offenbar sehr genau den Parkplatz unter der Autobahn und weiß, daß da Kanalschächte sind. Der kräftige Mörder hievt sein Opfer in den Kofferraum seines – vermutlich größeren – Wagens und fährt zum Marschweg.“

„Natürlich nachts, wenn der Parkplatz menschenleer ist. Er muß sich irgendwie mit einem Kanalschacht und -deckel auskennen und hatte von vornherein einen entsprechenden Plan.“

„Nimmt also ein Hebegerät oder etwas Ähnliches, das er besitzt, mit.“

„Ja, er kommt ans Ziel, parkt seinen Pkw neben dem Schacht, öffnet ihn, hievt die Leiche aus dem Kofferraum und bugsiert sie in die ausreichend große Schachtöffnung. Der Tote rutscht runter, verfängt sich aber in den Steigeisen und bleibt daran hängen.“

„Der Täter schiebt den Deckel wieder drauf, steigt in seinen Wagen und verschwindet von der Bildfläche.“

„So kann es gewesen sein.“

„Und wenn es doch zwei oder mehrere Täter waren?“

„Kann sein, aber mein Gefühl sagt mir deutlich, daß es einer war.“

„Der große Unbekannte.“

Reismüller nickte. „Ja, der große Unbekannte, nennen wir ihn Mister X. Ich erwarte morgen früh den Bericht aus dem Labor. Die nehmen die Kleidung des Toten gründlich unter die Lupe.

Das Telefon klingelte. Der Hauptkommissar nahm den Hörer ab. „Ja ... hmm ... aha. Das ist ja wenig ... Oh, wenigstens eine Kleinigkeit. Danke für die Hinweise.“ Er legte den Hörer auf und wandte sich an seinen jungen Mitarbeiter.

„Im Schacht haben die nichts gefunden, auch keine Blutspuren. Fingerabdrücke am Deckel sind natürlich nicht vorhanden. Auf dem Gelände lag nur der übliche Unrat herum: Zigarettenkippen, Papierreste, ein paar leere Flaschen, Scherben – nichts Brauchbares.“

„Daß die keine Blutspuren, auch nicht an den Steigeisen, gefunden haben, bestätigt ja, was wir von Anfang an unterstellt haben, daß der Mann auf jeden Fall tot war, als er in den Schacht manövriert wurde. Sonst hätte die blutende Kopfwunde Spuren hinterlassen. Vom Todeseintritt an setzt das Bluten aus.“

„Hast recht. Aber hör zu, etwas anderes. Unsere Leute haben da an der Parkplatzseite in dem dichten Buschwerk so eine Art kleinen Lagerplatz gefunden. Sie meinen, da könnten ein, zwei Penner – oder sagen wir besser Obdachlose – kampiert und genächtigt haben, so halb regengeschützt unter der Autobahn.“

„Aber doch nicht ständig."

„Nee, von Zeit zu Zeit wahrscheinlich oder vielleicht nur für ein paar Tage. Diese Spur mag ja ganz bedeutungslos sein. Aber im Auge wollen wir das behalten. So, dann Schluß für heute. Morgen werden wir sicherlich schlauer sein, wenn der Obduktionsbericht auf dem Tisch liegt und sich auch das Labor meldet."

6

Dr. Hans-Wilhelm Gollenwald saß zu Hause auf der Veranda seiner geräumigen, im Grünen gelegenen Eigentumswohnung. Heute, am zweiten Ferientag, wollte er eigentlich in die Schule radeln, um nach dem Rechten zu sehen. Aber es lag nichts Besonderes an. Seine Sekretärin hielt Stallwache und würde ihn anrufen, wenn es nötig werden sollte. Gollenwald gingen seine Pläne für die sechs Schulferienwochen durch den Sinn. Neben den auch in den Ferien anfallenden dienstlichen Obliegenheiten besaß er doch genügend Zeit und Muße und könnte sich ausgiebig seinem Hobby widmen, nämlich der Schreiberei. Er dachte zurück. Schon seit einigen Jahren hatte er sich mit dem Gedanken getragen, einen Roman zu verfassen, und zwar einen Krimi, denn er war schon immer ein ausgesprochener Fan dieses Literaturgenres. Es gab kaum Bücher von Edgar Wallace, George Simenon oder Agatha Christie, die er nicht gelesen hatte. Vor allem liebte er aber die Action-Krimis des Amerikaners Mickey Spillane. Fernsehreihen, wie „Derrick", „Tatort", „Der Alte" oder „Ein Fall für Zwei" ließ er sich nur ungern entgehen.

Vor drei Jahren hatte er sich – zunächst zögernd dann aber doch wild entschlossen – an seinen PC gesetzt und nach einjähriger Arbeit einen Roman fertiggestellt. Ein bekannter Oldenburger Verlag am Uhlhornsweg bei der Universität hatte ihn unter dem von Gollenwald vorgeschlagenen Titel „Blutige Spuren nach Sylt – ein Oldenburg- und Insel-Krimi" herausgegeben und auf der Frankfurter Buchmesse vorgestellt. Alsbald war das Erstlingswerk zur Überraschung seines Autors und auch des Verlags zu einem kleinen Bestseller avanciert und nach sechzehn Monaten in die fünfte Auflage gegangen. Er fragte sich, ob seine kriminalistischen Recherchen zum Erfolg beigetragen hatten. Denn er hatte vor dem Beginn des Schreibens einige Wochen lang recherchiert, zum Beispiel bei der Oldenburger und Sylter Mordkommission, um die Polizeiarbeit sachgerecht und nicht zu laienhaft darzustellen. Im Rahmen solcher Erkundungen hatte er sogar mit einer staatsanwaltschaftlichen Sondergenehmigung an einer Obduktion in der Pathologie teilnehmen dürfen. Es war dabei um eine weibliche Leiche gegangen. Die 55jährige Frau aus Varel hatte man im Keller ihres Einfamilienhauses erschossen aufgefunden. Durch die gerichtsmedizinische Autopsie sollte geklärt werden, ob es sich um Suizid oder Mord handelte. Die Kripo hatte von Anfang an den Ehemann in Verdacht, seine Frau erschossen zu haben, um freie Bahn für seine junge Geliebte zu haben, konnte aber nichts nachweisen, weil an seiner Hand keine Schmauchspuren vorhanden waren und auf der Schußwaffe Fingerabdrücke fehlten. Die Obduktion hatte dann ergeben, daß die tödliche Kugel nicht von der Frau stammen konnte, weil der im Kopf freigelegte Schußkanal gegen sie als Linkshänderin sprach. Als Täter war der Ehemann entlarvt, der bei dem

Mord Handschuhe getragen und bei einem späteren Verhör ein umfassendes Geständnis abgelegt hatte.

Bei seinen Informationsbemühungen war Gollenwald übrigens immer auf offene Ohren gestoßen. So hatte ihm die Telekom in Frankfurt erklärt, wie ein geheimes Abhörgerät in einem Haus installiert wird und wie es technisch funktioniert. So hatte er sich bei der Polizeihubschrauberstaffel in Wahnbek bei Rastede schlau machen können, wie eine Verfolgungs- und Rettungsaktion mit einem Helikopter abläuft, und eine Pilotencrew des Flugplatzes Hatten bei Hude war Ratgeber dafür gewesen, wie man eine Cessna durch Manipulationen am Motor vorm Start zum späteren Absturz bringen kann. Es war für den Autor nicht schwer gewesen, seine Frauengestalten kleidungsmäßig richtig auszustatten und zu beschreiben; er beobachtete die Frauen seiner Stadt sehr genau und der Blick in aktuelle Modemagazine hatte da die nötigen Tips gegeben. Als Junggeselle war er aber weniger über das Wesen des weiblichen Geschlechts im Bilde. Da war schriftstellerische Intuition gefragt.

Gollenwald amüsierte sich im Nachhinein über einige seiner Recherchen und ihre Verwendung in seinem Buch. Gleichzeitig blickte er auf seine Lesungen aus „Blutige Spuren nach Sylt" zurück. Natürlich hatte es mehrere Auftritte in Oldenburg gegeben, im Verlag, in der Landesbibliothek am Pferdemarkt und in der Universität; aber wie oft war er auswärts gewesen: Auf Föhr hatte er gelesen, in der *Spöölstuv* auf Langeoog, in Damme, Haselünne und Delmenhorst, in Buchhandlungen der Landkreise Wesermarsch und Ammerland, in Nordhorn, Wilhelmshaven, Nienburg, Lingen, Zeven, Papenburg und in weiteren Städten. Zeitaufwendig war dies immer gewesen, hatte ihm aber auch Spaß gemacht. Besonders gern war er immer auf die Fragen der Zuhörer eingegangen, etwa wenn sie wissen wollten, was einen Schuldirektor dazu treibt, einen Kriminalroman zu schreiben, wie man so etwas anpackt und ob man als Autor von vornherein weiß, wer am Schluß der Mörder ist.

„Blutige Spuren nach Sylt“ hatte in den Medien viel Beachtung gefunden, und zwar in der Presse, im Rundfunk und sogar im Nordfernsehen. Das Buch war weithin positiv beurteilt und als ausgesprochen spannend hingestellt worden. Geschmeichelt hatte sich Gollenwald gefühlt, in der Sendung *Bücherwelt* vom NDR mit Oberinspektor Derrick verglichen zu werden. Daß er hier und da als Schriftsteller bezeichnet wurde, war ihm allerdings reichlich peinlich, zumal er sich selbst – und das war durchaus ehrlich gemeint – als „unbedeutenden Amateurschreiberling“ einstufte. Das war auch wohl eher angemessen, denn manche Kritiker hatten einige Einwände gegen die Handlung in „Blutige Spuren nach Sylt“ erhoben. Das Buch sei nicht frei von Schwächen. Fünf Morde – unter anderem der tödliche Sturz eines jungen Mädchens im Auto von der Huntehochbrücke, das traurige Hinscheiden des Schulhausmeisters in der laufenden Kreissäge und der hinterhältige Messerstich, mit dem eine junge Frau ihren Kumpan in einer Sturmnacht am Westerländer Strand ins Jenseits befördert – seien zuviel des Guten. Auch seien die Sex-Szenen entbehrlich, und der Zentralgestalt, dem jugendlichen Studienrat Frank Löwenau, müsse man ankreiden, daß er sich so bald nach dem Tod seiner Verlobten einer anderen Frau zuwendet und im übrigen die tödlichen Gefahren, in denen er schwebt, lange Zeit nicht erkennen will.

7

„Möchtest du auch einen Kaffee?" fragte Hildebrand.

„Ja, mach mir einen mit, aber nicht wieder so stark wie gestern", antwortete sein Chef. Die beiden saßen in Reismüllers Dienstzimmer und rätselten über den Toten im Kanalschacht.

Die Tür zum Nebenzimmer ging auf, und sie trat ein: Kriminaloberkommissarin Ann-Kathrin Herzheim. Mit einem lockeren „Hallo Arnold" und „Hallo Tom" ging sie auf die beiden Männer zu und gab ihnen zur morgendlichen Begrüßung die Hand.

„Hallo, Kati", antworteten die zwei und schauten mit Wohlgefallen auf ihre Kollegin. Tom tat dies sogar mit glänzenden Augen.

Ann-Kathrin Herzheim war die dritte im Bunde bei der Mordkommission, eine junge Beamtin von 28 Jahren. Sie war mittelgroß und schlank mit dunklen Haaren, die einen aparten Stich ins Rötliche aufwiesen. Mit ihrem bildhübschen, schmalen Gesicht, ihren rehbraunen Augen, ihrer makellosen Figur, den attraktiven, weiblichen Formen und der femininen Ausstrahlung pflegte sie – keineswegs bewußt provoziert – die Blicke der Männerwelt auf sich zu ziehen. Bei der winterlichen Boßeltour der Kripo vor einigen Monaten, mit anschließendem Grünkohlessen im Dreibergener *Fährkroog* am Zwischenahner Meer, war sie zwar nicht zur Kohlkönigin proklamiert, aber von den Männern zur „Miß Policia" ernannt worden, eine Nominierung, die ihr etwas peinlich war. Sie mochte es nicht, so herausgestellt zu werden, gerade auch nicht gegenüber ihren Kolleginnen.

Sie lebte als Single in Oldenburg. Gut, hier und da hatte sie mal eine Einladung zum Abendessen oder zu einem Glas Wein angenommen, viel mehr war aber da auch nicht.

„Vielleicht ist sie eine Lesbe“, hatte Tom, der sie insgeheim ein bißchen anhimmelte, mal gesagt, was ihm einen mißbilligenden Blick seines Vorgesetzten eingetragen hatte. Auch die Bemerkung eines anderen Kollegen, die sei ja viel zu hübsch für eine Polizistin und hätte bei ihrer Erscheinung besser Model oder Stewardeß werden sollen, war von Reismüller indigniert als Unbotmäßigkeit zurückgewiesen worden. Der Chef der Mordkommission schätzte seine Mitarbeiterin wegen ihrer zielstrebigen, einsatzfreudigen Arbeitsweise außerordentlich.

Ann-Kathrin stammte aus Syke, hatte dort ihr Abitur gemacht, dann die Fachhochschule für Verwaltung und Rechtspflege in Hildesheim absolviert und ihr Examen als Jahrgangsbeste abgelegt. Danach hatte sie einige Jahre bei der Polizei in Cloppenburg gearbeitet und gehörte jetzt als Stellvertreterin ihres Chefs dem Ersten Fachkommissariat der Kripo in Oldenburg an.

Das Telefon klingelte. Hildebrand, der dem Apparat am nächsten stand, nahm den Hörer ab und hörte aufmerksam den Bericht des Labors an, wobei er zwischendurch ein paar Fragen stellte und sich Notizen machte. Dann wandte er sich Reismüller und Ann-Kathrin Herzheim zu. „Ihr habt einen Teil sicher schon mitgekriegt. Ja, also das Labor hat die Kleidung des Toten unter die Lupe genommen. Der Mann trug einen Maßanzug, leider ohne Etikett der Schneiderei. Hemd und Seidenkrawatte sind teure deutsche Markenware, die Schuhe italienisches Fabrikat, ebenfalls gehobene Preisklasse. Das alles besagt natürlich nicht viel. Die Taschen waren leer, Portemonnaie, Uhr, Brieftasche nicht vorhanden.“

„Klar“, sagte Ann-Kathrin Herzheim, „der Täter hat alles durchsucht und an sich genommen.“

„Woraus wir aber nicht schließen dürfen, daß es ein Raubmord war“, stellte Reismüller fest.

„Mit Sicherheit nicht. Alle Umstände, vor allem natürlich die Beseitigung des Opfers, sprechen gegen ein solches Verbrechen. Die Gegenstände hat der Mörder bestimmt längst verschwinden lassen. Aber nun paßt auf! In einem engen Nebenteil der linken inneren Brusttasche steckte ein Zettel, den der Täter übersehen haben muß. Auf diesem Stück Papier stehen mit flüchtiger Schrift Zahlen, und zwar ‚10.56 – 14.22‘ sowie ‚19.25 – 23.03‘. Es dürfte sich dabei um Uhrzeiten handeln, möglicherweise Fahrtzeiten der Bundesbahn. Alles Weitere müßten wir rauskriegen, meinen die.“

„Hm“, Reismüller fuhr mit der Hand durch sein Haar, „je dreieinhalb Stunden, das könnten Zeiten einer Hin- und Rückreise sein. Woll’n doch mal sehen.“ Er kramte in seiner unteren Schreibtischschublade und zog einen Fahrplan der Bundesbahn hervor. „Fangen wir auf gut Glück mit Oldenburg an.“ Er strich mit dem rechten Zeigefinger über die Zahlenreihen. „Hier ist nichts; um 10.56 fährt kein Zug ab. Aber hallo! Um 14.22 kommt einer an.“

„Woher?“

„Aus Richtung Hannover – Bremen. Und hier: Um 19.35 verläßt ein Zug unsere Stadt.“

„Sicher in Richtung Bremen – Hannover.“

„Genau so ist es. Ja, laßt uns überlegen. Der Betreffende kommt natürlich von weiter her. Dreieinhalb Stunden, das entspricht einer Fahrtzeit von Frankfurt oder Berlin oder Leipzig nach Oldenburg und umgekehrt.“

„Ich ruf bei der Bahnauskunft an“, schlug Hildebrand eifrig vor, „ich gebe denen auch die beiden anderen Uhrzeiten durch, die haben ein hochaktuelles Computerprogramm und kriegen das schnell raus." Er wählte die DB-Nummer, die er auswendig konnte, und erklärte der freundlichen Dame in der Auskunftszentrale, um was es ging. „Gern, ich warte. ... Aha ... interessant. ... 10.56 ab Bahnhof Zoo, ICE, in Hannover umsteigen, IC bis Oldenburg, an 14.22. Und umgekehrt: IC ab Oldenburg 19.35, umsteigen in Hannover, dann ICE bis Bahnhof Zoo, an 23.03. Besten Dank."

„Damit ist einiges klar", faßte Ann-Kathrin Herzheim das Mitgehörte zusammen, „der Mann kommt ganz offenkundig aus Berlin; er fährt dort um kurz vor elf ab und ist um 14.22 hier."

„Die Frage ist", warf Tom ein, „ob er am selben Tag oder später zurückfährt."

„Unterstellen wir, daß er gleich abends wieder nach Berlin will. Dafür spricht die späte Rückfahrt – es ist ja der letzte Zug –; denn bei einem Aufenthalt hier von zwei oder mehr Tagen wäre er sicher zeitiger, wahrscheinlich schon an einem Nachmittag, abgereist. Aber das alles ist natürlich nur eine Vermutung."

„Na ja, schön." Reismüller nickte bedächtig. „Wenn das so ist, dann kommt unser Mann also für einen Tag nach Oldenburg. Die entscheidende Frage ist zunächst, was der hier vorhat. Der kommt ja nicht für fünf Stunden her, um unser schönes Städtchen zu besichtigen. Der hat ein anderes, ganz bestimmtes Ziel und will sich mit jemandem treffen und etwas besprechen."

„Seinem Mörder", warf Hildebrand ein.

„Ja, aber ich will fortfahren. Wie kommt er vom Bahnhof an sein Ziel? Zu Fuß wird er sich kaum auf den Weg machen. Entweder wird er abgeholt oder nimmt sich ein Taxi."

Ann-Kathrin horchte auf. „Natürlich, ich fahre gleich nachher zum Bahnhof und sehe mich bei den Taxifahrern um. Vielleicht haben wir Glück."

Eine Beamtin in Uniform trat ins Zimmer und brachte den Obduktionsbericht. Reismüller nahm ihn erwartungsvoll entgegen und las. „Hört zu! Unser Mann war zum Zeitpunkt seines Auffindens etwa zwölf Tage tot. Gestorben ist er – jetzt haben wir endgültig die Bestätigung – an dem mit Wucht geführten Schlag mit einem schweren Gegenstand auf den Hinterkopf – ich zitiere jetzt mal: ‚... mit Zertrümmerung der Kalotte und partieller Schädigung des Gehirns, was sofort zum Exitus geführt hat.'"

„Kalotte hab ich noch nie gehört, was ist das?" fragte Hildebrand.

„Die Kalotte ist nichts anderes als die Schädeldecke, in der Medizinersprache wird die, glaube ich, Schädeldach genannt."

„Schon wieder was dazugelernt."

„Der Schlag", fuhr Reismüller fort, „muß von hinten gekommen sein und das Opfer völlig überrascht haben; denn es sind keinerlei Kampfspuren zu finden, auch keine Hautpartikel unter den Fingernägeln."

„Täter und Opfer kannten sich also ganz offenbar."

„So wird es sein. Alter des Toten übrigens circa 53 Jahre, Größe einssiebzig. Besondere Merkmale waren an der Leiche ansonsten nicht auszumachen."

„So ganz viel ist das ja nicht", stellte Ann-Kathrin Herzheim ziemlich enttäuscht fest. „Wir wissen nicht, wer der Tote, geschweige denn sein Mörder ist. Auch ein Motiv ist weit und breit nicht zu sehen."

„Ja, wir tappen noch im dunkeln. Aber es bringt nichts, jetzt weiter rumzurätseln. Du, Kati, versuchst dein

Glück bei den Taxifahrern am Bahnhof. Halt! Dann war da doch noch der Hinweis unserer Leute, daß da wohl jemand in direkter Nähe des Parkplatzes kampiert hat, und zwar in dem dichten Grünbereich bei der Brücke. Diese Stelle grenzt doch ans Areal des *Olantis*-Schwimmbades. Häuser gibt es da ja im Parkplatzumfeld praktisch nicht, so daß Anwohner nicht befragt werden können. Aber es könnte der Zufall wollen, daß irgend jemand, zum Beispiel ein Arbeiter im *Olantis*-Bad, etwas sagen kann. Tom, schau du dich da mal um!"

„Mach ich."

„Das wär's dann. Wir treffen uns hier wieder."

8

Jetzt an die Arbeit für den zweiten Kriminalroman? Dafür in die Hände gespuckt? Dr. Hans-Wilhelm Gollenwald nippte nachdenklich an seinem Kaffe und schaute unschlüssig aus dem Fenster. Die vorbeiziehenden Wolken und die blaugraue Taube, die auf dem Balkongeländer neben seinem Dienstzimmer hockte und ihn aufmunternd anzugurren schien, konnten auch keinen Rat geben. Einen Entschluß mußte er schon selbst fassen. Er schwankte zwischen Lust und Unlust. Sich wieder in die ein Jahr dauernde Denk- und Schreibarbeit stürzen? Wieder viele Abende, die Wochenenden und Schulferien mit dem Produzieren eines Krimis verbringen? Sich diesem und jenem Streß aussetzen? Aber andererseits kribbelte es in seinen Fingern. Zum zweitenmal einen Roman fertigstellen, ihn gedruckt vor sich sehen, in den Medien genannt und besprochen zu werden? Man ist ja schließlich auch, ehrlich gesagt, ein bißchen eitel! Und im übrigen drängte der Verleger, der nach dem Erfolg des ersten Buches Umsatzerwartungen an das zweite knüpfte! Hatte er, Gollenwald, nicht in seinen letzten Lesungen auf entsprechende Fragen geantwortet, daß er jetzt mit seinem zweiten Krimi beginnen werde? Klar, das war eigentlich eine reichlich leichtfertige und voreilige Ankündigung, zumal ihm ein Freund witzelnd erklärt hatte, er betrachte das nicht als Versprechen, sondern als Drohung!

Aber gut, sei's drum. Im Grunde seines Herzens wollte er ja zur Tat schreiten. Also Ärmel hochgekrempelt, tief Luft geholt und ran an die Arbeit. Eine Idee hatte er schon, eine Grundstory war da. Sie stand bildlich vor ihm. Das Beziehungsgeflecht der Personen, die Handlungsstränge und ihr Ineinandergreifen, überhaupt das kriminelle Geschehen, waren ansatzweise da. Er wußte auch schon die Schauplätze. Natürlich Oldenburg als seine Heimatstadt. Aber nicht nur. Inselfan und Strandfreund, der er war, sollten ein, zwei Inseln in die Handlung mit einbezogen werden. Im ersten Krimi waren es Sylt und Föhr gewesen. Föhr, ein Eiland, das er oft besuchte, sollte jetzt eine besondere Rolle spielen. Sylt fiel diesmal weg, weil statt dessen ein Bogen zu einer der oldenburgischen Inseln geschlagen werden sollte. Und dafür war Langeoog ausersehen, wo Gollenwald ebenfalls gern im Urlaub weilte. Die Handlung des neuen Romans sollte weitgehend Fiktion, also erdacht, der Phantasie entsprungen sein. Daneben sollten aber reale Bezüge nicht fehlen. Dies betraf in erster Linie die Schauplätze, die Handlungsorte und -gegenden. Aber auch Institutionen, Sachvorgänge, Personen waren hier und da an die Wirklichkeit angelehnt, wobei Namen und Bezeichnungen mitunter leicht verändert wurden.

Gollenwald fragte sich nach ein paar Einzelheiten. Sollte er zum Beispiel Dieter Bohlen, den bekannten Pop-

Star, in die Handlung einbauen? Bohlen hatte am Oldenburger Wirtschaftsgymnasium 1973 sein Abitur abgelegt und in Gollenwalds Roman „Blutige Spuren nach Sylt“ Erwähnung gefunden. In einem Interview in der *Nordwest-Zeitung* hatte Dieter Bohlen wörtlich hervorgehoben, daß ihn der Direktor des Wirtschaftsgymnasiums „in seinem Sylt-Krimi verewigt hat“. Jede Detektivstory braucht mindestens einen Bösewicht, sagte sich Gollenwald. Sollte er Dieter Bohlen dazu machen? Ihn im Buch natürlich nicht beim Namen, aber vielleicht verklausuliert als Dietmar Behlen auftreten lassen? Und wenn der dann vor Gericht ziehen und klagen würde? Das wäre doch für einen Show-Star eine willkommene Publicity – aber für den Krimi erst recht! Doch nein. Gollenwald fand solche Denk- und Vorgehensweisen unseriös. Also die Finger lassen von Dieter Bohlen.

Wenn sich Gollenwald auch über das Gesamtkonzept des neuen Romans wie auch über die wesentlichen Handlungsstrukturen im klaren war – der Titel sollte übrigens „Mörderische Sommerferien“ lauten –, so fehlten ihm doch noch ein paar knallige Details. Einige Anregungen aus aktuellen Kriminalfällen könnten da nicht schaden. Aber woher nehmen? Immerhin, da war ja die mysteriöse Leiche, die man vorgestern aus dem Kanalschacht gezogen und über die die *Nordwest-Zeitung* in der gestrigen Ausgabe unter der Überschrift „Tod im Abwasserkanal“ berichtet hatte. Ganz klar lag ein Verbrechen vor. Die Mordkommission hatte sich eingeschaltet und die Ermittlungen aufgenommen. Vielleicht, sinnierte Gollenwald, war ja bald Näheres zu erfahren, möglicherweise etwas, das er für seinen Krimi verwenden konnte. Noch besser wäre es natürlich, wenn möglichst bald dieses oder jenes weitere Kapitalverbrechen geschah, das verwertbare Anregungen vermittelt. Mal schaun und Augen offen halten.

Oberstudiendirektor Dr. Gollenwald konnte zu dieser Stunde nicht ahnen, daß sich sein Wunsch allzu bald erfüllen und sich reichlich kriminelle Turbulenzen abspielen würden – und das in seinem persönlichen Umfeld!

9

Die dichten nächtlichen Wolken, die die Insel wie unter eine undurchdringliche finstere Glocke gestülpt hatten, waren zum Morgen hin nach Osten weggezogen. Der neue Tag zeigte sich von einer freundlichen, schönen Seite. Die Sonne schien jetzt von einem blau-weißlichen Himmel, und ein lauer, von der Seeseite herkommender Wind zog angenehm über das nordfriesische Eiland Föhr. Der wöchentlich in Wyk auf dem Gelände neben dem Binnenhafen stattfindende traditionelle Fischmarkt hatte auch heute wieder eine Fülle von Menschen angezogen.

Viele Inselurlauber, aber auch eine Menge Tagestouristen, die mit der Vormittagsfähre vom Festlandhafen Dagebüll nach Föhr herübergekommen waren, bevölkerten den Markt und drängten an den Buden, Ständen und Kiosken vorbei. Es herrschte ein buntes, lebhaftes Treiben. Das Stimmengewirr wurde noch von der am Markteingang stehenden Drehorgel übertönt, an der ein ganz in Schwarz mit Zylinder gekleideter Mann etwas stereotyp lächelnd „La Paloma" mit der rauchigen Stimme von Hans Albers herunterdudelte.

An der steinernen Pier des Binnenhafens machte sich gerade ein Krabbenkutter mit seiner Besatzung zum

Auslaufen bereit. Ein paar neugierige Marktbesucher sahen zu, wie der Motor mit aufheulendem, krächzendem Ton angelassen wurde und ein Mann die Befestigungsleinen löste. Mit einem lauten Dröhnen begann sich die Schiffsschraube zu drehen. Sie schleuderte trübschmutziges Wasser hoch, das grau-weißlich schäumend herumwirbelte und dann wie bei einem Springbrunnen in sich zusammenfiel.

„Großer Gott, da – was ist das?" schrie die kleine, rundliche Frau, die dicht dabei stand, auf, „dies große Etwas da unten." Sie zeigte auf eine Stelle im Wasser: „Das ist doch ein Mensch, nein, wie schrecklich." Sie schlug die Hände vors Gesicht.

Ein Mann drängte sich an ihre Seite und blickte konsterniert ins jetzt nur noch leicht sprudelnde Wasser. „Meine Güte. Sie haben recht, ein Toter, ein Mann."

Sie starrten das unheimliche menschliche Bündel an, das mit dem Rücken nach oben im Hafen trieb. Der Kopf, vom Wasser umspült, war kaum sichtbar, nur ein paar dunkle Haare tauchten zwischendurch in dem leichten, aber unruhigen Wellengang auf.

Durch das laute Geschehen hatte sich schnell eine Menschentraube gebildet.

„Ein Krankenwagen muß her", rief jemand.

„Unsinn, der ist ja mausetot."

„Aber die Polizei. Wir müssen die Polizei rufen. Hat wer ein Handy dabei?"

„Hier, ich! Ich telefoniere sofort." Zitternd tippte der Mann die Notrufnummer 110 ein und hatte binnen Sekunden die Polizeileitstelle in Husum am Apparat, die schnurstracks alles Weitere in die Wege leitete und die Polizei aus Wyk ins Bild setzte.

Aus dem Polizeigebäude, das auf der gegenüberliegenden Seite des Binnenhafens lag, stürmten zwei Beamte zum Ort des Geschehens.

„Bitte, machen Sie Platz, und treten Sie zurück!" befahl Polizeioberkommissar Jürgen Adomeit. Zögernd und unwillig bequemten sich die Schaulustigen, der Weisung Folge zu leisten.

„Bitte bleiben Sie alle hier. Wir brauchen Sie vielleicht als Zeugen."

Der zweite Beamte, Polizeikommissar Ulf Höderer, riß sein Handy aus der Tasche und hatte sofort die Wasserschutzpolizei am Apparat. „Großer Mist, wir haben hier beim Fischmarkt eine Leiche im Wasser – südliche Pier der Alten Mole. Kommt sofort!"

„Schon klar, wir brausen los."

Nach wenigen Minuten kamen die Kollegen mit einem kleinen, schnellen Polizeischiff an und warfen ein Schlauchboot aus. Zwei Männer sprangen rein und fuhren zielstrebig zu dem wenige Meter entfernt vor sich hindümpelnden Toten. Mit geübten Griffen holten sie die Leiche ins Boot, bedeckten sie mit einer grauen Plane und fuhren zurück.

Adomeit telefonierte hinter ihnen her. „Paßt auf! Wartet bei euch auf mich! Höderer und ich wollen hier noch den Leuten auf den Zahn fühlen. Vielleicht kriegen wir irgendeinen Fingerzeig, der uns weiterhilft. Bin in etwa einer halben Stunde bei euch."

„In Ordnung."

„Ach ja, noch was Wichtiges. Sorgt dafür, daß der Fischkutter stoppt, und befragt die Besatzung. Kann ja sein, daß die irgendwas mitgekriegt haben."

„Sollen die beidrehen und in den Hafen zurückkommen?"

Adomeit überlegte kurz. „Nee, laßt mal, macht das doch lieber erst telefonisch. Wir können später immer noch im einzelnen mit denen reden.“

Höderer wandte sich an die Umstehenden, die dem Ganzen mit gespannter Aufmerksamkeit lauschten. „Kann jemand von Ihnen etwas sagen? Hat einer etwas Besonderes beobachtet?“

Allgemeines Kopfschütteln war die Reaktion. Keiner konnte eine Antwort geben.

„Wer hat den Toten zuerst gesehen?“

Die kleine, rundliche Frau, die in der vorderen Reihe stand, hatte sich inzwischen etwas gefangen und hob ihre Hand. „Hier, ich.“

„Beschreiben Sie uns genauer, was Sie beobachtet haben!“

Sie zuckte verneinend die Schultern. „Kann ich eigentlich nicht. Na ja, es war so: Also, wir standen mit ein paar Leuten hier und guckten dem Kutter zu, wie der losfuhr. Und da hab ich den Mann da unten im Wasser gesehen.“ Sie verzog angewidert ihr Gesicht.

„Also erst, als das Fischereifahrzeug ablegte?“

„Ja, vorher nicht.“

„Ich glaube“, mischte sich ein älterer Mann mit einer Prinz-Heinrich-Mütze auf dem Kopf ein, „der war mehr unter Wasser und ist erst durch die Drehungen der Schiffsschraube an die Oberfläche gespült.“

„Gut möglich“, übernahm Adomeit wieder die Gesprächsführung, „ja, Herrschaften, das ist ja nicht viel. Mein Kollege wird jetzt Ihre Personalien aufnehmen, sofern wir später doch noch Fragen haben sollten. Wenn Ihnen noch etwas einfällt, melden Sie sich bitte bei uns.“ Er nannte die Telefonnummer seiner Dienststelle.

„Müssen wir noch hierbleiben?“ fragte ein junges Mädchen.

„Nein, nein, wenn wir Ihre Namen und Anschriften notiert haben, können Sie alle gehen.“ Zu Höderer gewandt sagte er: „Schau dir hinterher noch einmal den Bereich hier genauer an. Ich fürchte allerdings, daß sich kaum etwas an verwertbaren Spuren findet. Sorge trotzdem sicherheitshalber dafür, daß hier der enge Umkreis abgesperrt wird.“

„Ich überlege gerade: Es ist da doch gar nicht gesagt, daß der Tote von dieser Stelle aus – auf welche Weise auch immer – ins Wasser gestürzt ist. Das kann ja auch woanders geschehen sein.“

„Sicher, aber hier im Hafenbecken muß es ja passiert sein.“

„Wir werden zwei Taucher ansetzen, die sollen sich mal im Wasser umsehen.“

„Das ist gut.“

„So, ich hau jetzt ab zu unserem Toten. Den Doc haben unsere Kollegen bestimmt schon benachrichtigt. Vielleicht ist er ja schon da. Dann bis nachher.“

10

Oberkommissar Jürgen Adomeit und Dr. Hartmut Görken kamen fast gleichzeitig im Polizeigebäude an. Die Leiche hatte man in einen hinteren Raum geschafft. Adomeit berichtete dem Arzt in knappen Worten vom bisherigen Geschehen.

„Na ja, dann wollen wir uns mal an die Arbeit machen“, sagte Dr. Görken, nahm die Plane hoch und warf sie zur Seite. Der Tote lag jetzt auf dem Rücken. Er war mit hellen Turnschuhen, einer blauen Jeanshose und einer beigefarbenen Sommerjacke bekleidet. Der Körper schien unverletzt, der Kopf aber – Adomeit und der durch zahlreiche Leichenfunde hartgesottene Mediziner schauderten zurück – war eine breiige, blutverschmierte Masse. Ein Gesicht war kaum zu erkennen.

„Der Mann muß mit dem Kopf wohl in die Schiffsschraube geraten sein“, vermutete Adomeit.

„Sieht ganz so aus. Hier, die Schädeldecke ist noch in Teilen sichtbar, und da sind ein paar Haare. Oh, was ist das?“ Eine tiefe, längliche Wunde an der rechten Kopfseite war zu erkennen.

„Von der Schiffsschraube?“

„Kann sein.“ Der Doktor hob die Beine und Arme des Toten an. „Gebrochen scheint nichts zu sein. Ziehen wir den Mann mal aus.“

Ein älterer Polizist mit randloser Brille und Ansatz zur Glatze tat das.

„Ich untersuche eben die Kleidung“, sagte Adomeit, während Dr. Görken den nackten Körper inspizierte.

„Ich finde, vom Kopf und einigen Fingerverletzungen abgesehen, nichts Besonderes.“

„Wie sieht es mit dem Todeszeitpunkt aus?“

Görken dachte kurz nach. „Das scheint noch nicht lange her zu sein, könnte vielleicht heute nacht zwischen halb zwölf und halb drei gewesen sein, also vor circa neun bis zehn Stunden.“

„Und was sagen Sie sonst auf den ersten Blick, Doc? Ein Unglücksfall?“

„Wie schon gesagt, möglich. Genaues ist hier auf die Schnelle nicht festzulegen.“

„Aber die Wunde am oberen Hals. Kann nicht doch mehr hinter der Sache stecken? Wenn er nun nicht ins Wasser gestürzt ist, sondern gestürzt wurde, nachdem ihm jemand einen schweren Schlag versetzt hat?“

„Sie meinen Mord?“

„Ja“, der Oberkommissar sprach jetzt amtlich, „wir können es doch mit einem Tötungsdelikt zu tun haben.“

„Das ist jedenfalls nicht auszuschließen.“

„Also auf alle Fälle Obduktion.“

„Ich denke, ja. Eine Autopsie wird bestimmt Näheres ergeben.“

„Gut, ich bespreche das gleich mit der Staatsanwaltschaft und dem Gerichtsmedizinischen Institut in Kiel und werde alles in die Wege leiten.“

„Wenn's geht, möglichst schnell. Mich beschleicht allmählich doch das Gefühl, daß mehr an der Sache dran ist, als es auf den ersten Blick erscheint.“

„In diese Richtung denke ich auch langsam; es könnte durchaus etwas faul im Staate Dänemark sein.“

„Bis zum Abtransport des Toten zur Obduktion nach Kiel – vielleicht überlassen die das ja auch dem Niebüller Krankenhaus – kommt er in die Boldixumer Leichenhalle. Das übernimmt wie immer unser Bestattungsinstitut.“

„Ich werde die gleich anfordern. Die Leiche bleibt natürlich bis auf Weiteres beschlagnahmt.“

„Ja, das wär's dann für mich“, erklärte Dr. Görken. Er packte seinen Instrumentenkoffer zusammen und verabschiedete sich.

Görken war gerade gegangen, da kam Höderer an. „Ich habe leider nichts gefunden, rein gar nichts, keinerlei Spuren. Mit den Leuten habe ich auch noch ein paar Worte gewechselt – absolut kein Ergebnis. Seid ihr denn hier fündig geworden?“

„Ein bißchen.“ Oberkommissar Adomeit berichtete von der Untersuchung durch Dr. Görken und deutete dann auf einen kleinen Tisch, auf dem verschiedene Dinge lagen. „Hier, guck! In der Kleidung habe ich als erstes dieses helle Taschentuch und diesen braunen Kamm gefunden. Damit können wir aber wenig anfangen.“

„Und das Portemonnaie da?“

„Das ist eine billige Allerweltsbörse mit einem Fünfzig-Euro-Schein und ein paar Münzen drin. Das sagt uns auch nicht viel und gibt keine Aufschlüsse.“

„Immerhin, sollte der Mann einem Verbrechen zum Opfer gefallen sein, war es jedenfalls kein Raubmord.“

Adomeit verzog sein Gesicht und zuckte mit den Schultern. „Nun ja, aber hier, diese beiden Schlüssel?“

„Zeig mal! Dieser kleinere ist ein Autoschlüssel – übrigens Marke Ford –, und der da könnte ein Haustür- oder Wohnungsschlüssel sein.“ Höderer pfiff durch die Zähne und zog seine Stirn in Falten. „Damit können wir was anfangen; das könnte uns zur Identität des Toten führen.“

„Jawoll, das müßten wir schaffen, da bin ich ganz optimistisch. Paß auf! Wir krempeln jetzt die Ärmel hoch und nehmen alle nötigen Ermittlungen auf.“

„Vielleicht haben die Taucher irgendwas gefunden, und dann steht ja auch noch die Befragung der Kutterbesatzung aus.“

„Genau.“ Adomeit verzog seine Mundwinkel und brummte abschließend, daß er ja noch die Kripo-Leitstelle auf dem Festland in Husum ins Bild setzen müsse und daß die bei einem Tötungsverdacht die Mordkommission in Flensburg benachrichtigen würden. Dabei sah der Oberkommissar gar nicht begeistert aus.

11

„Du, Männe, stell dir vor, was die gerade im Radio durchgesagt haben. Es hat einen Toten gegeben“, überfiel Frau Schöllenberger ihren Mann, der soeben seinen Mittagsschlaf beendet hatte und ins Wohnzimmer getreten war.

„Hä? Einen Toten? Kommt in den besten Familien vor?“

„Äußerst witzig, geht es vielleicht etwas ernster?“

„Bitte Madame: Wer? Wann? Wo? Freitod aus Gram darüber, daß Werder Bremen, vielleicht sein Lieblingsverein, gestern im Pokalspiel gegen den Hamburger Sportverein verloren hat? Oder Exitus durch verruchte Mörderhand?“

„Zieh doch eine so grauslige Sache nicht weiter ins Lächerliche.“

„Na ja, jedenfalls hat er seinen Wohnsitz vom Diesseits ins Jenseits verlegt.“

Pikiert wandte sich Erika Schöllenberger ab. „Mit dir kann man heute wohl nicht vernünftig reden.“ Dennoch war es ihr offenbar ein Bedürfnis, weiter zu berichten. „Die haben einen im Hafenbecken beim Fischmarkt gefunden. Soll übel zugerichtet gewesen sein, muß durch eine Schiffsschraube passiert sein. Ist das nicht fürchterlich?“

„Hast ja recht, ganz schlimm. Wir werden ja morgen bestimmt einiges im *Inselboten* darüber lesen können.“

Es entsprach eigentlich nicht Horst-Wendelin Schöllenbergers Art, in einem solch tragischen Fall zu witzeln. Aber nach seinem ausgiebigen Mittagsschlaf fühlte er sich einigermaßen fit und in lockerer, gelöster Stimmung. Dennoch, ein bißchen verkatert war er schon noch. Er und seine Frau hatten am gestrigen Piratenfest im Kurgartensaal am Sandwall teilgenommen. Lustig war’s gewesen. Sie hatten Spaß gehabt, viel getanzt und auch wohl ein Gläschen zuviel getrunken. Bis zum Schluß waren sie geblieben und lange nach Mitternacht trotz des stürmischen Wetters zu Fuß nach Hause gegangen. Ziemlich spät waren sie heute morgen aufgestanden, hatten kurz gefrühstückt und, da es inzwischen schön geworden war und die Sonne es gut meinte, eine Radtour nach Nieblum unternommen. Im *Kliff-Café* am Gotinger Strand hatten sie eine Fischsuppe gegessen und waren danach am Golfplatz und dem Flugfeld entlang nach Hause zurückgeradelt.

Jetzt saßen sie auf der großen Südterrasse ihres Ferienhauses in Wyk und genossen den warmen Sonntag und ihren Urlaub. Mehr als eine Woche Erholung auf ihrer Lieblingsinsel war allerdings nicht drin, denn Termine und sonstige Verpflichtungen warteten auf Schöllenberger. Der Bankdirektor dachte an die letzten etwas stressigen Tage in Oldenburg zurück, wobei ihm der Besuch bei Dr. Gollenwald aber durchaus angenehm war. Er beneidete den Schulleiter um dessen Ferien und die Zeit, sich seinem Hobby zu widmen. Na ja, der wollte ja wieder einen Kriminalroman schreiben und suchte dafür Anregungen. Die konnte er von ihm kriegen; denn ein Toter im Hafenbecken, vielleicht sogar durch Mord, das war doch was!

Vor zwei Tagen waren beide Schöllenbergers in Oldenburg mit ihrem geräumigen BMW 760 Li losgebraust. Eigentlich wollten sie durch den Wesertunnel und dann über Bremerhaven, Cuxhaven und Wischhafen fahren und sich mit der Glückstädter Elbfähre übersetzen lassen, hatten sich dann aber doch entschlossen, den Weg über Hamburg zu nehmen. Überpünktlich im Hafen Dagebüll angekommen, hatten sie dann noch etwas Zeit, sich die Beine zu vertreten, in der Ferne die Silhouette Föhrs zu erspähen und schon mal die frische Nordseeluft zu schnuppern. Als sie eine runde Viertelstunde später in ihren Wagen einstiegen und aufs Fährschiff, die *Nord-*

friesland, zurollten, entging ihnen, daß sie beobachtet wurden. Ein junger Mann hatte die Schöllenbergers schon hinter der Ortschaft Bredstedt abgepaßt und von dort an im Auto verfolgt. Auf dem Hafenparkplatz hatte er dann schnell seinen Pkw, einen Ford Fiesta, abgestellt und das Ehepaar aus sicherer Entfernung, hinter einem Lastkraftwagen versteckt, aufmerksam im Auge behalten. Er hatte sich dann zu Fuß aufs Schiff begeben und dort auf gehörigen Abstand zu den Schöllenbergers geachtet, um nicht von ihnen bemerkt zu werden.

Horst-Wendelin Schöllenberger war 55 Jahre alt, mittelgroß und mit seinem schütteren grauschwarzen Haar, den etwas groben Gesichtszügen und dem unübersehbaren Bauchansatz alles andere als ein attraktiver Mann. Trotz seiner Körperfülle wirkte er drahtig und sportlich-kräftig. Er stammte aus dem südoldenburgischen Lohne, hatte in Vechta, dem Nachbarort, Abitur gemacht und dann eine Banklehre in Löningen absolviert. Nach ersten Berufsjahren in Dinklage und dem Besuch einer Bankakademie war er zum Filialleiter einer größeren Kreditanstalt in Aurich aufgestiegen. Mit Ehrgeiz und zäher Zielstrebigkeit hatte er dann an seiner Karriere gearbeitet und es bald zum Abteilungsdirektor eines Bankinstituts in Wilhelmshaven gebracht. Höhepunkt seines beruflichen Aufstiegs war schließlich die Berufung in den Vorstand der *Norddeutschen Spar- und Kreditbank* in Oldenburg und wenige Jahre später die Ernennung zum Sprecher des Vorstandes und damit zum ersten Mann im Unternehmen. Ihn zeichneten Tüchtigkeit, gepaart mit Cleverneß und Durchsetzungskraft, aus er wußte aber auch durchaus seine Ellenbogen zu gebrauchen. Er legte Wert auf ein seriöses Erscheinungsbild und ging stets sorgfältig und korrekt gekleidet, meist in dunklen Maßanzügen mit weißem Hemd und gedeckter Krawatte. Dabei war er nicht humorlos. Über seinen Vornamen „Wendelin" frotzelte er schon mal und gab, wenn er besonders gut gelaunt war, folgenden Witz zum Besten: Ein Unternehmer, der kurz vor dem Bankrott steht, kommt zum Bankboß und möchte einen Kredit bekommen. „Es tut mir leid, den kann ich Ihnen nicht gewähren." – „Ich brauche ihn aber dringend zur Abwendung eines Konkurses." – „Wo denken Sie hin. Das geht wirklich nicht. Da kann ja jeder kommen." – „Denken Sie doch bitte an meine Familie, die ich ernähren muß, und an meine Belegschaft, die arbeitslos würde." – „Nein, nein; aber gut. Ich will Ihnen eine kleine Summe leihen, wenn Sie mir sagen, welches meiner beiden Augen ein Glasauge ist." Der Bittsteller schaute sein Gegenüber an. „Ihr rechtes ist ein Glasauge." – „Richtig, woran haben Sie das erkannt?" – „Weil da ein Hauch von Menschlichkeit durchschimmert."

Schöllenbergers Ehrgeiz ging weit über seine berufliche Reputation hinaus. Er liebte es, sich in der Öffentlichkeit zu präsentieren und in der regionalen Presse – möglichst mit seinem Konterfei – zu erscheinen. Engagement, aber auch eine Portion Geltungsstreben verrieten seine Mitwirkung – zum Teil in Vorstandsämtern – in verschiedenen Vereinen. Er spielte aktiv im Tennis- und im Golfclub und gehörte der Casino-Gesellschaft, der Universitäts-Gesellschaft, dem Gewerbe- und Handelsverein sowie der Gesellschaft Union an. Sehr enttäuscht zeigte er sich darüber, daß ihm bisher weder der Lions- noch der Rotary-Club die Mitgliedschaft angetragen hatte. Er hoffte im stillen, daß Lions-Mitglied Dr. Gollenwald ihm den Weg in den Club ebnen würde.

Stolz war Schöllenberger auf sein mit viel Außenwirkung verbundenes Amt als Präsident der *Olde-Baskets*. Die von ihm finanziell stark geförderte erste Mannschaft spielte in der Basketball-Bundesliga eine beachtliche

Rolle und zählte durch das wiederholte Erreichen der Playoff-Runden zu den Top-Teams im deutschen Basketballsport. Durch seine Initiative sponserte Schöllenbergers Bank aber auch andere Vereine, so das Handball-Bundesligateam der VfL-Frauen und die erste Fußballmannschaft des VfB.

Frau Erika Schöllenberger war in Wilhelmshaven als Tochter eines wohlhabenden Reeders geboren. Ihren Mann hatte sie auf Norderney kennengelernt, als beide dort im selben Hotel Urlaub machten. Sie war genauso alt wie ihr Mann und überragte ihn um einige Zentimeter, was sie aber nicht daran hinderte, fast immer hochhackige Schuhe zu tragen. Sie war mit dem glatt zurückgekämmten, dunklen Haar und den schmalen, allerdings etwas herben Gesichtszügen und der überschlanken Figur nicht unattraktiv. Sie besaß eine kultivierte Art, wirkte mit ihrem sehr selbstbewußten Auftreten aber nicht unbedingt sympathisch.

Ihre verstorbenen Eltern hatten ihr ein millionenschweres Vermögen hinterlassen, wozu unter anderem das repräsentative Ferienhaus auf Föhr gehörte. In puncto Ehrgeiz stand sie ihrem Mann in nichts nach und legte großen Wert auf gesellschaftliche Akzeptanz und Anerkennung. Gern sah sie sich als „First Lady" der Bank ihres Mannes, ein Prädikat, das von ihr selbst stammte. Die vielen Aktivitäten ihres Ehemannes und dessen Hinwendung zur Öffentlichkeit trug sie nicht nur mit, sondern forcierte diese durch eigenes Zutun. In dem Präsidentenamt ihres Mannes bei den *Olde-Baskets* sonnte sie sich geradezu, und wie er war sie auf seine baldige Aufnahme in den Lions-Club erpicht.

„Ich muß immer wieder an den Toten im Hafenbecken denken", sagte Frau Schöllenberger zu ihrem Mann, „die Sache läßt mich nicht los."

„Das ist ja auch wirklich eine traurige Angelegenheit. Ich sagte ja schon, wir werden bestimmt bald Näheres erfahren. Der *Inselbote* wird morgen sicherlich darüber berichten."

12

Kriminalkommissar Hildebrand war heute mit seinem Fahrrad zum Dienst gekommen. Nach einem kurzen Gespräch mit seinem Chef hatte er sich auf sein Bike geschwungen und auf den Weg zum *Olantis*-Bad gemacht. Auf der Lindenallee und der Meinardusstraße war mal wieder übermäßig starker Autoverkehr, und er fluchte innerlich über einige undisziplinierte Auto- und Radfahrer.

Das Schwimmbad war trotz der frühen Tageszeit gut besucht. Hildebrand hatte Glück. Im hinteren Bereich des Anwesens, da, wo das Gelände an die Autobahn und den Parkplatz angrenzte, traf er auf einen Arbeiter, der gerade dabei war, mit Harke und Besen einen kleinen Weg zu säubern. Der Mann schien froh zu sein, ein paar Minuten von seiner eintönigen Beschäftigung ablassen und sich unterhalten zu können.

„Ja, vor einiger Zeit hat da hinten in der Gebüschzone ein Penner ein paar Nächte kampiert. Das war eigentlich ein ganz netter Bursche. Der hat mich gefragt, ob er mal Toilette und Dusche bei uns benutzen darf. Na ja, ich wußte nicht so recht, hab aber ein Auge zugedrückt und ihn da hineingelassen."

„Interessant. Können Sie mir den Mann näher beschreiben?"

„So ein bißchen. Der hatte rötliche Haare, normal groß, alte Klamotten an – ja, so ‘ne Art Joppe, war ziemlich schmuddelig, dunkelgrüne Farbe.“

„Wissen Sie, wann das war?“

„Nee, ich schätze mal so vor gut zwei Wochen.“

Viel mehr erfuhr Hildebrand nicht, obwohl der Arbeiter sehr gesprächig war und die Unterhaltung gern fortgesetzt hätte. Der Kommissar hatte eine Idee. Er ging die paar Schritte zum Marschweg-Stadion rüber und stieß nach einigem Suchen auf den Platzwart, der gerade das Netz eines Fußballtores abbaute.

„Sie sagen rötliche Haare, dunkelgrüne Joppe? Ja, so einer ist hier mal aufgekreuzt. Der hat hier gestanden und gebettelt.“

„Oh, wann war das wohl?“

„Hm, warten Sie, muß nachdenken. Ja, das war vor dem Freundschaftsspiel unseres VfB gegen Germania Leer. Da hielt der sich vor den Eingangstoren auf und hat gebettelt und seinen Hut aufgehalten.“

„War das Spiel wie üblich an einem Samstag?“

„Ja, lassen Sie mich nachrechnen, am Samstag, und zwar heute vor genau 16 Tagen.“

„Sehr schön.“

„Sagen Sie, sind Sie Journalist oder so was?“

„Nein, Kripo.“

„Oh, haben Ihre Fragen mit dem Toten zu tun, den man hier im Kanalschacht vor vier Tagen gefunden hat?“

„Ja. Übrigens, dieser Mann ist vermutlich kurz nach dem Fußballspiel ermordet und in den Schacht geworfen worden.“

„Oh Gott.“

„Der Obdachlose hat zu der Zeit vermutlich hinter der rückwärtigen Parkplatzecke neben der *Olantis*-Anstalt gelagert. Deswegen sind wir auf der Suche nach ihm.“

„Soll der denn der Mörder sein?“

„Wohl kaum, aber vielleicht hat der zufällig irgendwas mitbekommen.“

„Verstehe.“

„Möglicherweise hält sich unser Mann noch hier in der Stadtgegend auf. Ich werd mal schaun.“

Tom Hildebrand überlegte. Die gesuchte Person ist vielleicht noch in der Stadt. Obdachlose, Penner, Alkoholiker und Drogenabhängige halten sich oft in der Innenstadt auf. Die gammeln doch am Pferdemarkt neben der Landesbibliothek rum. Versuchen wir's da mal. Er schwang sich auf sein Rad und trat kräftig in die Pedalen. Schon von weitem sah er, als er den Heiligengeistwall und das Finanzamt an der 91er Straße hinter sich gelassen hatte, ein paar Gestalten, die sich zwischen der Front des Bibliotheksgebäudes und dem alten Tunnelzugang aufhielten – einige mit einer Flasche in der Hand, andere vor sich hindösend.

„Hallo, Jungs“, ging der Kommissar auf die Leute zu, „wie ist das werte Befinden?“

„Wie soll's schon sein, Chef.“

„Darf man euch mal was fragen?“

„Nur zu, fragen kann man immer“, sagte ein älterer Mann mit wartungsfreiem Vollbart und leicht lallender Stimme.

„Ich bin auf der Suche nach einem Kumpel von euch. Rötliche Haare, trägt eine dunkelgrüne Joppe.“

„He, warum willste das wissen? Hat der was ausgefressen? Sag mal, biste vielleicht ein Bulle? Merk dir, hier wird keiner verpfiffen.“

„Keine Sorge, ich hätte nur gern eine Auskunft von dem, mehr ist nicht.“

„Kann ja jeder sagen. Wie wär's mit einer Pulle Schnabus? Das würde unsere Zungen lösen."

„Gut", Hildebrand zog sein Portemonnaie hervor, „hier sind fünf Euro. Davon holt ihr euch nachher eine."

„Das ist ein Wort. Alles klar, Boß. Den du suchst, der heißt Jonny. Der ist manchmal hier. Hockt aber auch öfter auf dem Willy-Brandt-Platz bei dem überdachten Bereich da beim Busbahnhof."

„Danke und gut Schluck."

Es waren nur ein paar hundert Meter bis zum ZOB, dem Zentralen Omnibusbahnhof. Tom Hildebrand sah seinen Mann sofort. Er saß auf einer der metallenen, wetterfesten Bänke und hatte schläfrig den Kopf in die Hände gestützt.

„Hallo, Sportsfreund."

Der Mann sah unwillig auf. „Was willst du?"

Tom setzte sich neben ihn. „Du hast doch vor einiger Zeit da hinter dem Marschweg-Parkplatz bei der Alten Hunte genächtigt."

„Ist das neuerdings verboten? Habe alles ordentlich hinterlassen."

„Glaub ich dir. Es geht um die Nacht vor 16 Tagen, das muß die Nacht nach dem Fußballspiel gewesen sein. Ist dir da was aufgefallen?"

„Nee, ja eigentlich doch." Er zog seine Stirn in Falten. „Das war so nach Mitternacht. Ich mußte mal, und bald danach, als ich mich wieder hingehauen hatte, hab ich im Halbschlaf was gehört."

Hildebrand horchte gespannt auf. „Was hast du denn gehört?"

„Da war so'n Autogeräusch. Muß dann geparkt haben. Da ging auch eine Tür, und dann gab's irgendwie so'n bißchen Unruhe."

„Welcher Art denn?"

„Kann ich nicht sagen. So'n kurzes Geschlurfe, das Auto ist dann schnell wieder weggefahren."

„Nach welcher Zeit denn so ungefähr?"

„Weiß nicht, ich war ja, wie schon gesagt, dabei, noch eine Mütze Schlaf zu nehmen, vielleicht nach sechs, sieben Minuten." Er verzog sein Gesicht zu einem leichten Grinsen. „Hab noch so halb gedacht, da treiben es zwei, du verstehst?"

„Klar versteh ich, die müssen's aber eilig gehabt haben."

Er grinste wieder. „Selbst für'n Quickie war's reichlich kurz. Aber sag mal, du fragst mich hier Löcher in den Bauch. Geht's vielleicht um deine Mieze? Fremdgegangen, was?"

„Nein, nein. Hast du nicht von dem Toten gehört, den man da gefunden hat?"

„Einen Toten gefunden? Käse. Will'ste mich veräppeln?"

„I wo, überhaupt nicht. Schon gut. Du liest keine Zeitung?"

„Nee, steht ja doch nur Kokolores drin."

„Immerhin, danke fürs Gespräch."

Auf dem Rückweg ins Präsidium dachte Hildebrand an die Ergebnisse des Vormittages. Weltbewegendes hatte er ja nicht erfahren. Andererseits war er aber auch nicht ganz unzufrieden.

13

Kriminaloberkommissarin Herzheim mußte nicht lange suchen. Der fünfte Taxifahrer, dem sie das computerbearbeitete Bild vom Kanaltoten zeigte, sah es sich interessiert an und nickte dann bedächtig. „Sie haben Glück, Lady. An den kann ich mich erinnern. Lassen Sie mich nachrechnen. Das war am Geburtstag meiner Tochter, also am Samstag vor 16 Tagen. Ich hab da bis zum frühen Nachmittag Dienst geschoben."

„Erzählen Sie bitte!"

„Ja, also der Mann ist gegen halb drei bei mir eingestiegen. Ich weiß das, weil ich um drei Schluß gemacht habe."

„Der dürfte mit dem Zug um 14.22 angekommen sein."

„Haut hin."

„Wo sind Sie hingefahren?"

„Bis zu einem Nebenweg der Jägerstraße, wissen Sie, da in der Nähe der ehemaligen Fleischwarenfabrik. Ich fand das etwas komisch, weil es da gar keine Häuser gibt."

„Vielleicht gar nicht so komisch. Der ist da wahrscheinlich abgeholt worden."

„So was hab ich mir auch schon gedacht."

„Haben Sie denn da irgendwas in dieser Richtung bemerkt?"

„Ich weiß nicht so recht. Als ich zurück in die Jägerstraße gefahren bin, war mir so, als wär da ein Wagen in den Nebenweg eingebogen."

„Interessant. Wissen Sie, was das für ein Wagen war?"

„Nee. Ich mußte mich auf den Verkehr konzentrieren und habe das nur ganz flüchtig in meinem Rückspiegel gesehen."

„Und zu dem Auto können Sie gar nichts sagen?"

„Es war ein größerer Wagen, dunkle Farbe. Da saß nur der Fahrer drin."

„Genauer haben Sie den aber nicht gesehen?“

„Nein.“

„Sie können Ihren Fahrgast natürlich beschreiben?“

„Das will ich meinen. Der war gut gekleidet, sprach gebrochen deutsch, so mit östlichem Akzent, redete aber nur das Allernötigste. Unterhalten haben wir uns kaum. Er wollte wohl nicht. Er saß übrigens nicht vorne neben mir, sondern hinten.“

„Hatte er Gepäck bei sich?“

„Nee, nur eine größere Aktentasche. Ich hab ihn etwas dumm gefragt, ob er länger in Oldenburg bleibt. Da hat er nur gemurmelt, daß er abends zurück will.“

„Ah ja, ist Ihnen sonst noch etwas aufgefallen?“

„Nein, nur daß er ein gutes Trinkgeld gegeben hat. Darf ich nun mal etwas fragen?“

„Aber bitte.“

„Es geht um den Toten da im Kanalschacht? Stand ja einiges drüber in der Zeitung.“

„Ja, so ist es. Sie haben uns durchaus weitergeholfen. Vielen Dank.“

Der Taxifahrer sah der Oberkommissarin lange hinterher. Tolle Beine, dachte er, und so ein Rasseweib ist Polizistin. Ein kleines Gspusi mit der, das wär nicht zu verachten.

Genau wie Tom Hildebrand war Ann-Kathrin Herzheim nicht unzufrieden mit ihren Erkundigungen dieses Vormittags. Der ganz große Wurf war es zwar nicht, aber einen kleinen Schritt nach vorne hatte es immerhin gegeben.

Beide trafen fast gleichzeitig im Polizeipräsidium ein, wo Reismüller sie schon erwartete. Auf dem Schreibtisch des Hauptkommissars lagen die Montagausgabe der *Nordwest-Zeitung* und die beiden Sonntagszeitungen vom gestrigen Tage. Die *NWZ* berichtete noch einmal ausführlich über den „Kanalmord", wie sie ihn nannte, und auch der *Huntereport* und die *Sonntagszeitung* waren mit dicken Überschriften auf der ersten Seite auf den schrecklichen Fund eingegangen. Der Tote wurde beschrieben, es gab Hinweise auf seine Kleidung und den durch die Obduktion errechneten Todeszeitpunkt. An die Leser wurde appelliert, sich bei der Kripo am Friedhofsweg oder einer der Polizeistationen zu melden, falls jemand irgendeinen Hinweis geben könne.

„Schade", sagte Reismüller und deutete auf die Zeitungen, „bis jetzt hat es keine Reaktion auf die Artikel gegeben. Um so wichtiger ist das, was ihr rausgefunden habt. Wer fängt an?"

„Ich mach uns schnell einen Kaffee, Tom kann ja inzwischen beginnen", schlug Ann-Kathrin vor.

Hildebrand nickte und berichtete in allen Einzelheiten über seine Ergebnisse. Als er damit fertig war, hatte seine Kollegin die Tassen bereitgestellt und den Kaffee eingegossen. „Du glaubst nicht", fragte sie, „daß dein Obdachloser etwas mit der Tat zu tun haben könnte, vielleicht sogar der Mörder ist?"

„Nee, nee. Dann hätte ich ihn natürlich mit hierher geschleppt. Der Mann ist sauber. Der ist gar nicht in der Lage, eine solch eiskalt durchdachte Tat zu begehen. Ich habe natürlich seine Personalien aufgenommen. Der bleibt noch hier im Stadtgebiet, den können wir jederzeit erreichen."

„Gut, ich kann auch etwas sagen", berichtete Ann-Kathrin Herzheim, „stellt euch vor, ich habe den Taxifahrer gefunden, der unseren Mann gefahren hat."

Die beiden Männer hörten, während sie ihren Kaffee tranken, mit Aufmerksamkeit zu.

„Vielen Dank euch beiden“, sagte Hauptkommissar Reismüller, nachdem seine Kollegin geendet hatte, „ich denke, wir sind durchaus ein kleines Stück weitergekommen.“

Es klopfte, und eine Polizistin trat ein. „Da hat eben ein Mann angerufen. Der hat die Zeitungen gelesen und meinte, daß er vielleicht ein paar Angaben zu dem Geschehnis am Parkplatz machen kann. Der will vorbeikommen. Heute kann er nicht mehr, aber gleich morgen früh will er hier erscheinen.“

„Hat er seinen Namen hinterlassen?“

„Nein, das wollte er nicht. Er hat aber versprochen, daß er sich auf jeden Fall bei der Mordkommission einfinden wird.“

„Na gut, dann wollen wir mal gespannt sein.“

14

Hans-Wilhelm Gollenwald hatte ein abwechslungsreiches Wochenende hinter sich. Am Samstagabend war er bei einem Spiel der *Olde-Baskets* gewesen. Bankdirektor Schöllenberger hatte ihm beim Besuch in der Schule eine Eintrittskarte geschenkt, und zwar für einen Vorzugsplatz direkt am Spielfeld. Es war nicht der erste Besuch Gollenwalds bei der Basketball-Bundesligamannschaft, aber diesmal hatte das Match in der neu errichteten und erst kürzlich eingeweihten EWE-Arena, einem modernen Rundbau nahe der Weser-Ems-Halle, stattgefunden und deswegen Gollenwalds besonderes Interesse geweckt. Zwar hatte das einheimische Team das Freundschaftsspiel gegen den niederländischen Meister *Demon Astro-*

nauts Amsterdam mit 88:92 verloren, aber dennoch den Zuschauern bis zur letzten Sekunde viel Spannung und Dramatik geboten. Höchst aufregend war der Sportabend gewesen, fand Gollenwald – nicht nur durch das Spiel selbst, sondern auch durch die riesige Stimmung, von der er sich voll hatte anstecken lassen – und durch das Auftreten der Cheerleader. Die laut-peppige Musik und das farbenprächtige Bild der leichtgeschürzten Mädchen mit ihren rhythmischen Bewegungen war für die Zuschauer wie immer eine Augenweide gewesen. Wohlgefällig hatte Gollenwald die tänzerischen Auftritte verfolgt und dabei sein besonderes Augenmerk unwillkürlich auf ein bestimmtes Mädchen gerichtet. Die bildhübsche Blonde in der Vorposition – war die nicht an seiner Schule? Die muß er kürzlich beim Unterrichtsbesuch einer Referendarin gesehen haben, und zwar in einer Fachklasse für Banklehrlinge. Verdammt hübsches Mädchen, sagte sich Gollenwald, wenn sie mir in der Schule mal über den Weg läuft, werde ich ihr sagen, wie gut sie mir als Cheerleader gefallen hat.

Am gestrigen Sonntag war Gollenwald in aller Herrgottsfrühe zu einer Eintagesfahrt nach Holland aufgebrochen. Zwei Freunde aus dem Lions-Club Zwolle, mit dem der Oldenburger Lions-Club eine enge Jumelage-Partnerschaft pflegte, hatten ihn zu einem Segeltörn auf dem Veluvemeer eingeladen. Erst am späten Abend war er nach Hause zurückgekommen. Er freute sich jetzt auf die vor ihm liegenden freien vierzehn Tage. Die vormittägliche Stallwache in der Schule teilten sich in dieser Zeit Oberstudienrätin Angela Dreischulte, Tutorin der Gymnasialabteilung, und sein Stellvertreter, Studiendirektor Frank Löwenau, der sich danach mit seiner Verlobten, Vanessa Teuterow, zum Urlaub auf Sylt treffen würde.

Dr. Gollenwald hatte die innere Ruhe und die Muße, sich einigen seiner Freizeitaktivitäten zu widmen. Morgen würde er in der Lehrer-Volleyballmannschaft seiner Schule mitspielen, allerdings würden sie wegen der Ferien und der Abwesenheit mehrerer Sportkollegen wohl in dezimierter Zahl antreten müssen. Am Tag darauf würde er sich mit den Mitgliedern der Vereinigung Alter Burschenschafter zu Oldenburg im *Casino Handelshaus* treffen, wo er mit einem von ihm selbst vorgeschlagenen Vortrag über „Das Spannungsfeld zwischen Fiktion und Realität in der modernen Kriminalliteratur" dran war. Dann standen in dieser Woche noch der Kegelklub *Die Dreizehn Freunde*, die sich wechselnd im *Goldenen Stern* und in der *Kleinen Burg* trafen, auf dem Programm und dann noch die Sommerkonferenz der Dozenten des Studieninstituts im *Erdinger Keller* am Marktplatz; Gollenwald nahm wegen seines nebenamtlichen Lehrauftrages an dieser Bildungseinrichtung gern an ihren Veranstaltungen teil. Sehr freute er sich schließlich auf den Besuch der Bali-Ausstellung im Landesmuseum am Damm, den er fürs Wochenende eingeplant hatte. Verzichten mußte er dagegen bald für ein paar Wochen auf seine Besuche im Staatstheater wegen der Aufführungsferien des Oldenburger Musentempels.

Und dann wartete da noch sein Krimi! Das erste Kapitel war zu Papier gebracht, besser gesagt, in den PC eingegeben, und der erste mysteriöse Todesfall geschildert. Ins zweite Kapitel würde er sich jetzt hineinstürzen, wobei ihm der Kanalschachtmord zupaß kam; denn davon konnte er ja einiges in die Handlung einbauen.

Und da war noch ein anderer Gedanke. Er dachte an vorgestern und die *Baskets*. Die prägten derzeit das oldenburgische Sportgeschehen und waren in aller Munde. Sie verfügten über eine unwahrscheinliche Medienpräsenz und über eine weit über die Grenzen der Region hinausgehende Außenwirkung. Da müßte man sich doch etwas Kriminelles im Zusammenhang mit diesem Verein ausdenken können! Mal sehen. Er hatte da eine Idee.

15

Die dreiköpfige Besatzung des Fischkutters *Oldsum II* war am Nachmittag in den Wyker Hafen zurückgekehrt und gleich nach dem Anlegen von Kommissar Höderer befragt worden. Die Männer konnten dem Beamten aber nicht weiterhelfen. Sie hatten beim Auslaufen nichts bemerkt und zeigten sich zutiefst schockiert darüber, daß ein Mensch in ihre Schiffsschraube geraten war. Auch die Bemühungen der Taucher waren vergeblich gewesen. Wohl hatten sie allerlei Gegenstände und Unrat entdeckt, aber nichts, was mit dem Todesfall in Zusammenhang stehen konnte. Noch am selben Tag war die Leiche zur Obduktion aufs Festland transportiert worden. Das zuständige Gerichtsmedizinische Institut Kiel hatte veranlaßt, die Leiche zum nächst gelegenen Krankenhaus nach Niebüll zu bringen. Polizeioberkommissar Adomeit hatte davor die Kripo-Leitstelle in Husum über den Fall informiert. Daraufhin hatte sich, da ja Verdacht auf ein Tötungsdelikt bestand, ein Kripo-Beamter gemeldet und den Kollegen sein Eintreffen für den nächsten Tag angekündigt.

Kriminalhauptkommissar Dieter Christiansen kam am nächsten Vormittag mit dem Fährschiff *Uthlande* in Föhr an und wurde von Höderer am Anleger in Empfang genommen. Die beiden begaben sich zu Fuß in die nahe gelegene Polizeistation, wo sie schon von Adomeit erwartet wurden. Die Begrüßung war durchaus herzlich, denn die Föhrer Polizisten kannten den ranghöheren Kollegen aus verschiedenen früheren Begegnungen. Christiansen wirkte nicht wie ein Kripo-Mann. Er war klein, rundlich und trat gern resolut und selbstsicher auf. Gewiß, er schien sich zu bemühen, die beiden Kollegen nicht zu sehr spüren zu lassen, daß er in diesem Fall das Sagen hatte und die Untersuchungen leitete; so ganz gelang ihm das aber nicht. Als erstes ließ er sich über das bisherige Geschehen informieren und sah sich dann mit den beiden anderen zusammen das Hafenumfeld an.

„Jetzt gehen wir nicht ins Amt zurück", sagte er und fuhr etwas gestelzt fort, „ich lade zu einer flüssigen Stärkung ein und schlage das *Passat Café* vor."

Wenige Minuten später saßen die drei Polizisten an einem Ecktisch draußen auf der Veranda, und Christiansen genoß als Landratte den Blick aufs Meer, die Hallig Langeneß mit ihren wie an einer Perlenschnur aufgereihten Warfthäusern, die in der Ferne erkennbare Silhouette des Festlandes und die großen, weißen Fährschiffe, von denen gerade eines den Wyker Hafen ansteuerte und ein anderes die Route nach Amrum entlang fuhr. Nur allzu gern hätten Adomeit und Höderer das Angebot des Hauptkommissars angenommen, auch ein Bier zu bestellen, sie trauten sich aber nicht so recht und tranken Tee; schließlich war man im Dienst.

Die drei Männer gingen noch einmal den heutigen Vormittag durch. Der *Inselbote* hatte unter einer dicken Schlagzeile ausführlich über den Toten im Hafen berichtet, ihn und seine Kleidung, soweit das möglich war, beschrieben und die beiden gefundenen Schlüssel abgebildet. „Wer kann etwas zur Identität des Toten beisteuern?" hatte es am Schluß des Artikels geheißen. Gemeldet hatte sich bis jetzt niemand, auch kein Hotel und keine Pension.

„Ein Tagesgast ist der bestimmt nicht“, sagte Christiansen, „der müßte ja seine Fährkarte bei sich getragen haben.“

„Ein Insulaner auch wohl nicht“, meinte Höderer, „dessen Abwesenheit wär doch schon jemandem aufgefallen, und der oder die hätte uns informiert, gerade auch wegen des Zeitungsaufrufs.“

Adomeit sah auf. „Bleibt ein Urlauber, vielleicht ein Föhrbesucher mit einer eigenen Bleibe, zum Beispiel einem Appartement auf der Insel?“

„Gut möglich. Ich denke, wir gehen zurück ins Amt“, schlug Christiansen vor, „möglicherweise gibt’s ja da was Neues.“

Von der Insel lagen keine Meldungen oder Hinweise vor. Aber der Obduktionsbericht war gerade eingegangen. Demzufolge war der Tod des Unbekannten etwa eine Stunde nach Mitternacht von Samstag auf Sonntag eingetreten. Ausgangspunkt waren der harte Schlag auf den Kopf und die schwere Wunde oben am Hals knapp unterhalb des rechten Ohrs. Das hatte aber nicht zum direkten Tod geführt. Der Exitus war vielmehr im Wasser eingetreten. Im Arztbericht war in der typischen Fachsprache die Rede von Wasser bis zum Kehlkopf, Einatmen von Wasser, Erstickungskrämpfe und Lungenblähungen (Emphysema aquosum). Eingetreten war der Tod also durch Ertrinken, und zwar nach zwei bis drei Minuten. Auffällig waren blutunterlaufene Stellen und Risse an den Händen, besonders stark an den Fingerkuppen. Ein Unglücksfall schied also aus; es war von Mord auszugehen.

„Tja“, Christiansen lehnte sich zurück und sah seine beiden Kollegen fragend an, „wir wollen mal spekulieren.

Der Mann, den wir nicht kennen und von dem wir nicht wissen, warum er auf die Insel gekommen ist, trifft sich in der Nacht mit jemandem am Hafen, also an einer Stelle, an der es um die Zeit menschenleer ist und niemand gesehen wird. Vielleicht haben sich die beiden verabredet. Es kann natürlich auch sein, daß der Täter, vielleicht eine einzelne Person, sein Opfer dahin bestellt hat oder auch umgekehrt."

„Auf jeden Fall", warf Adomeit ein, „geht es um etwas sehr Wichtiges, und das Treffen soll anonym bleiben, denn sie sind sich sicher, von niemandem gesehen zu werden."

„So wird es gewesen sein", sagte Christiansen. „Doch was geschieht jetzt? Es kommt zum Gespräch. Der Täter ist vermutlich von vornherein mit der Absicht gekommen, sein Opfer zu töten."

„Und wenn sich das erst während des Treffens, zum Beispiel durch einen erbitterten Streit, entwickelt hat?"

Adomeit kratzte sich am Hinterkopf. „Das glaub ich nicht. Der Mörder hat ja die Tatwaffe mitgebracht. Er muß also von vornherein mit einem hinterhältigen Plan erschienen sein."

„So sehe ich das auch. Da ist also eine Unterhaltung oder eine Auseinandersetzung der beiden. In deren Verlauf könnte sich das Opfer vielleicht – durch ein plötzliches Geräusch auf der gegenüberliegenden Seite des Hafenbeckens aufgeschreckt – für einen kurzen Moment unbedacht vom Täter abgewandt und ihm den Rücken zugekehrt haben. Das nutzt der Mörder aus. Er greift die Tatwaffe, vermutlich eine Art kurze Eisenstange, und schlägt sie dem anderen mit Wucht auf die rechte Kopfseite zwischen Hals und Ohr. Der Getroffene sackt bewußtlos, aber nicht tot, zu Boden. Der Täter greift ihn, schleppt ihn vielleicht ein paar Meter und befördert ihn ins Hafenbecken."

„Jetzt kann ich mir folgendes denken", sagte Höderer, „durch den Sturz in das kühle Wasser kommt unser Mann, praktisch noch halb weggetreten, zu sich, gelangt durch verzweifelte Bewegungen irgendwie bis an die Kaimauer und versucht sich mit den Händen festzuklammern und hochzuziehen. Die Finger rutschen immer wieder an der senkrechten Betonwand ab und verletzen sich dabei – deswegen die Risse und blutunterlaufenen Stellen; dann verliert der Mann die Besinnung, schluckt noch das brackige Wasser und geht unter."

Christiansen und Adomeit nickten zustimmend. „So könnte es sich abgespielt haben."

16

Die drei Polizisten sahen sich noch einmal die beiden beim Toten gefundenen Schlüssel an, als erwarteten sie von denen eine Lösung des Falles, aber es gab nicht die gewünschte Erleuchtung. Das Telefon ging. Adomeit nahm den Hörer ab, am Apparat war der Wärter vom Dagebüller Hafenparkplatz. Der hatte im *Flensburger Tageblatt* den Bericht über die Wasserleiche in Wyk gelesen.

„Hallo, Kollege", sagte er witzelnd zum Oberkommissar, den er seit Jahren kannte, „ich will etwas Detektiv spielen, so eine Art Matula aus der Fernsehserie ‚Ein Fall für Zwei'. Hab da was zu eurem mausetoten Mann zu sagen."

Adomeit horchte elektrisiert auf. „Hervorragend, Herr Kriminaldirektor. Ich höre."

Der Bekannte am Telefon lachte wieder, wurde dann aber ernst und sachlich. Ihm war aufgefallen, daß die Beschreibung in der Zeitung auf einen Mann zutraf, der ihn vor kurzem wegen seines dreisten Auftretens genervt hatte. Der junge Mann war mit hoher Geschwindigkeit und abrupter Vollbremsung beim Schalterhäuschen vorgefahren, hatte sich einen Parkschein geben lassen und mit der flapsigen Bemerkung „Ihr gehört wohl zu denen, die hinter die alten D-Mark-Preise einfach Euro gesetzt haben“, bezahlt.

„Wann war das?“ fragte Adomeit und stellte seinen Apparat laut, so daß Christiansen und Höderer mithören konnten.

„Vor vier Tagen.“

„Wann etwa ist er nach hier rübergekommen?“

„Warte mal ..., das war mit der *Nordfriesland*, die hier immer um 11.15 abdampft.“

„Du weißt sicher nicht, bis wann er seinen Pkw stehenlassen wollte?“

„Doch, bis gestern.“

„Dann müßte der Wagen ja noch da sein.“

„Ja, das ist er. Der ist bis jetzt nicht abgeholt worden.“

„Was ist das für’n Auto?“

„Das steht da hinten. Moment, ich geh mal hin.“ Es vergingen zwei, drei Minuten, während derer sich die drei Beamten gespannt ansahen.

„Bist du noch dran?“

„Natürlich“, antwortete Adomeit etwas ungeduldig.

„Also, das ist ein Ford, Marke Fiesta, eine altersschwache Karre, hat bestimmt zwölf, fünfzehn Jährchen auf dem Buckel.“

„Wo kommt der Wagen her?“

„Hat eine Heider Nummer.“

„Mach’s nicht so spannend. Welche denn?“

„Hei XP 129.“

„Na, das ist doch was! Danke. So, nun hör zu. Einer von uns hier kommt so schnell wie möglich, gleich mit dem nächsten Schiff, zu dir rüber. Wir bringen einen Autoschlüssel mit. Schätze, daß der paßt. Halte dich bitte bereit für uns!“

„Jawoll, wird gemacht. Bin natürlich zu jeglicher Mithilfe bereit.“

„Das will ich auch hoffen.“

„Ich fahr rüber“, entschied Hauptkommissar Christiansen und griff den Schlüssel. „Seid doch so freundlich“, er bemühte sich, seine Weisung in eine kollegiale Bitte zu kleiden, „in der Zwischenzeit den Halter des Wagens zu ermitteln.“

„Machen wir sofort“, versprach Höderer.

„Prima, ich melde mich telefonisch vom Festland. Wir bleiben in Kontakt.“

Christiansen verpaßte die 13.45-Uhr-Fähre nur knapp und mußte auf das 15.00-Uhr-Schiff warten. Als er eine Dreiviertelstunde später in Dagebüll ankam, wurde er vom Parkplatzwärter erwartet und respektvoll begrüßt. Sie gingen direkt zum alten Ford. Christiansen sah sich den Wagen interessiert und neugierig an und steckte den Schlüssel vorsichtig ins Schloß. Er paßte! Liebend gern wäre der Parkplatzwärter dabei geblieben. Er mußte aber zur Parkscheinausgabe zurück, wo schon ein paar Autofahrer ungeduldig auf ihre Abfertigung warteten.

Der Hauptkommissar öffnete die Tür und beugte sich ins Innere des Wagens. Darin sah es ganz schön unordentlich aus. Auf der Rückbank lagen drei, vier Zeitschriften, eine halbe Tafel Schokolade, eine veraltete Autokarte und ein paar beige Sandalen. Im Handschuhfach fielen ihm eine angebrochene Schachtel Zigaretten, einige Parkmünzen und ein zusammengeknülltes Scheibenwaschtuch entgegen. Im Kofferraum sah es noch unordentlicher aus als vorne im Wagen. Ziemlich durcheinander lagen zwei Plastikflaschen, ein abgefahrener Reservereifen, ein halbvoller Benzinkanister und eine angestaubte Decke herum. Achtlos hob Christiansen die Dekke hoch. Unter ihr lag, fast ein bißchen versteckt, eine Kamera.

Der Kripo-Mann pfiff überrascht durch die Zähne; denn das verhältnismäßig teure, gepflegte Gerät paßte so gar nicht zum übrigen Inhalt des alten Ford. Er besah sich die Kamera und legte sie vorsichtig an ihren Platz zurück. Christiansen registrierte schließlich, daß keinerlei Kleidungs- oder Gepäckstücke zu finden waren. Der Mann, um den es ging, war ja für einige Tage auf die Insel gefahren und mußte ein bißchen was mit rübergenommen haben, doch mindestens einen kleinen Koffer oder eine Reisetasche. Wo mag er gewohnt haben beziehungsweise untergebracht gewesen sein?

Der Hauptkommissar zog sein Handy hervor und rief, obwohl er sich nicht viel davon versprach, die Spurensicherung in Husum an und gab die Order, das Auto gründlich zu inspizieren. Dann wählte er Adomeits Nummer und hatte ihn auch gleich am Apparat. Er berichtete in knappen, etwas oberlehrerhaft wirkenden Sätzen, was er herausgefunden hatte.

„Nicht schlecht“, sagte Adomeit, „wir sind hier auch nicht untätig gewesen und haben den Halter des Wagens ermittelt.“

„Ich bin gespannt.“

„Es handelt sich um einen Gernot Baranowski.“

„Mir unbekannt.“

„Der ist Eigentümer einer Ford-Werkstatt in Heide, 48 Jahre alt, soll einen nicht schlechten Ruf haben.“

„Wenn er 48 ist, kann er nicht unser Toter sein. Wie dem auch sei, wir werden bald Näheres wissen."

Er ließ sich die Adresse des Autohauses geben. Am liebsten wäre er gleich nach Heide gefahren und hätte den Fordhändler aufgesucht. Er hatte aber abends noch in Husum zu tun. Gleich morgen vormittag würde er sich einen Dienstwagen geben lassen und sich auf den Weg nach Heide machen!

17

Ellen Winkelborn kam vom Einkauf bei Aldi in Oldenburg zurück und betrat ihre Wohnung. Sie schob die Lebensmittel in den Kühlschrank und stellte das Radio an, wie fast immer ihren Lieblingssender *Hit Radio Antenne*. Gerade verklangen die letzten Takte von Sarah Connors aktuellem Song *From Zero to Hero*.

Ellen, 18 Jahre alt, war ungewöhnlich hübsch. Mit ihren hellblonden, langen Haaren, den zarten Gesichtszügen, der schlanken Figur und dem noch mädchenhaften, wohlgeformten Busen wirkte sie fast ein bißchen madonnenhaft. Sie stammte von der ostfriesischen Insel Langeoog, wo ihre Eltern ein Baugeschäft am Schniederdamm führten. Ellen war ein ausgesprochenes Inselkind und liebte „ihr Langeoog", wie sie gerne sagte. Bis vor zwei Jahren hatte sie die Inselschule in der Kirchstraße besucht und diese mit dem Realschulabschluß verlassen. Ihr Berufswunsch war es, die Banklaufbahn einzuschlagen. Eine Lehre dazu war auf Langeoog nicht möglich, weil die dortigen Filialen der *Kreissparkasse Wittmund*, der *Oldenburgischen Landesbank* und der *Volksbank Esens* nicht ausbildeten. Ellens Eltern hätten es gern gesehen, wenn ihre Tochter die Ausbildung in einer dieser nächstgelegenen Hauptstellen auf dem Festland durchlaufen hätte. Ellen aber hatte es trotz ihrer Bindung an die heimatliche Insel mit zunehmendem Alter nach Oldenburg gezogen, in die „Großstadt, in der mehr los ist", um es mit ihren eigenen Worten auszudrücken.

Es hatte dann auch in Oldenburg geklappt, und sie befand sich mittlerweile im zweiten Lehrjahr. Ellen fühlte sich wohl in der ehemaligen Residenzstadt, obwohl sie ihren Freundeskreis auf Langeoog und das Inselleben manchmal ein bißchen vermißte. Ihre Arbeit in der Bank und auch der zwischenzeitliche Besuch ihrer Berufsschulfachklasse am *Ludwig-Erhard-Bildungszentrum* gefielen ihr, obwohl es manchmal ganz schön anstrengend war. Aber sie packte ihre Aufgaben zur vollen Zufriedenheit ihrer Ausbilder und Lehrer.

Ellen bewohnte ein Appartement am Mühlenhofsweg, für das ihre Eltern die Miete bezahlten. Die aus zwei Zimmern bestehende Wohnung war genau genommen der Anbau eines größeren Einfamilienhauses auf einem Hintergrundstück, ein abgeschlossener Bereich mit einem eigenen Eingang. „Tolle sturmfreie Bude, so eine hätte ich auch gerne", hatte eine Freundin mal festgestellt. Ellens Vermieterin, eine ältere Witwe, etwas schwerhörig und zugleich leicht sehbehindert, bewohnte das größere Haus alleine. Sie war froh über ihre junge, sympathische Mieterin in dem angebauten Hausteil und hielt sich ihr gegenüber sehr zurück.

Ellen Winkelborn freute sich. Heute hatte ihr vierwöchiger Urlaub in der Bank begonnen, und der Berufsschulbesuch entfiel ja wegen der Ferien. Sie würde nun verstärkt Zeit für ihren geliebten Sport haben. Auf Langeoog war sie schon als Kind Mitglied im dortigen TSV; in Oldenburg spielte sie Volleyball im Everstener Verein.

Noch näher aber lag ihr ihr neues Hobby, das Cheerleading. Durch ihre Sportlehrerin war sie dazu gekommen und hatte gleich mit Eifer mitgewirkt. Inzwischen war sie eine feste Größe in der Cheerleadergruppe der *Olde-Baskets*. Ellen dachte vergnügt an das Auftreten gestern abend, als die *Baskets* gegen den holländischen Meister gespielt hatten. Ihr Schulleiter Dr. Gollenwald, der einen Vorzugsplatz besaß, und auch ihre Sportlehrerin, Oberstudienrätin Dreischulte, die oben auf den Rängen gesessen hatte, hatten sie bewundern können. Ob ihr Direktor sie erkannt hat? Er war ja vor kurzem mal in ihrer Klasse aufgekreuzt.

Obwohl Ellen sich in Oldenburg wohlfühlte, zog es sie zwischendurch an manchen Wochenenden immer wieder nach Langeoog. Morgen würde sie für ein paar Tage auf die Insel – „nach Hause“, wie sie immer sagte – fahren. Sie kellnerte dann gern, wenn es sich so ergab, um ihre schmale Lehrlingskasse etwas aufzubessern. Im Hotel *Kolb* hatte sie hier und da gejobbt, im *Seekrug* oben auf den Dünen, zweimal in der *Ostfriesischen Teestube* am Hafen und in letzter Zeit im *Sonnenhof*, dem ehemaligen Anwesen von Lale Andersen. Im übrigen freute sich Ellen auf ihren Freund. Der ging noch zur höheren Schule und hatte ja auch Sommerferien. Er würde zu ihr nach Langeoog nachkommen, und sie könnten sich ein paar schöne Tage machen. Gut, sie arbeitete, aber es blieb bestimmt Zeit für den Strand, für Spaziergänge über die Insel, für eine Radtour zur *Meierei* am Ostende Langeoogs und für manche Fete.

Zwiespältige Gefühle mischten sich plötzlich in Ellens Gedanken. Die letzten Wochen nahmen vor ihren Augen Gestalt an. War das alles richtig, was da gelaufen ist und noch läuft? Durfte sie so weit gehen? Sie fühlte sich auf einmal gar nicht so ganz wohl in ihrer Haut, und je mehr sie über alles nachdachte, um so mulmiger wurde ihr. Aber die Dinge sind nun einmal geschehen, sagte sie sich und versuchte sich selbst Mut einzureden. Und was soll's. Jetzt werden tolle Möglichkeiten kommen: ein großer, schöner Urlaub im Anschluß an die Langeoogtage – vielleicht sogar ein Flug in die Karibik oder nach Hawaii –, und dann wird es viele weitere schöne Dinge geben. Erst aber wollte sie auf die Ankunft ihres Freundes warten. Dann würden sie gemeinsam weitersehen.

18

Kriminalkommissar Hildebrand stand am Fenster seines kleinen Dienstzimmers und schaute mürrisch nach draußen. Seine Kollegin Ann-Kathrin trat ein, ohne daß sich seine Miene aufhellte.

„Hallo Tom, was ist los? Ist dir eine Laus über die Leber gelaufen? Du machst ja ein Gesicht wie drei Tage Regenwetter."

„Wie soll ich schon aussehen, wenn meine Freundin gestern abend mit mir Schluß gemacht hat?"

„Also Weltschmerz am frühen Morgen."

„Versteh einer die Frauen. Ich kann's jedenfalls nicht."

„Ach Tom, es gab mal einen Schlager: ‚Wer wird denn weinen, wenn man auseinandergeht, wo an der nächsten Ecke schon eine andre steht.'"

„Ungemein tröstlich. An welcher Ecke soll ich nachsehen?" Er lächelte gequält.

Ein Polizist steckte seinen Kopf durch die Tür. „Der Chef erwartet euch."

„Moin“, begrüßte der Hauptkommissar die beiden. „Ihr wißt, daß wir gleich Besuch kriegen.“

„Hoffentlich bald, das wird Tom auf andere Gedanken bringen. Der hat Liebeskummer und braucht ein bißchen Abwechslung.“

Bevor Reismüller antworten konnte, klopfte es an die Tür, und ein junger Mann trat ziemlich forsch ein. Ihm folgte etwas zögernd eine junge Frau.

„Nehmen Sie Platz.“ Reismüller deutete auf zwei Stühle. „Sie haben ja gestern Ihr Kommen angekündigt. Wollen Sie uns etwas zu dem Mord, den wir untersuchen, sagen? Der liegt ja nun schon etwas zurück.“

„Ja, meine Freundin hier und ich waren über zwei Wochen in Urlaub, müssen Sie wissen, und wir haben erst gestern, als wir wieder zu Hause waren, in den Zeitungen von der Sache gelesen.“

„Ah ja, und Sie wissen etwas über die Angelegenheit?“

„‚Wissen‘ ist zuviel gesagt. Aber passen Sie auf! Am besagten Samstag waren meine Freundin und ich zum Tanzabend bei *Wöbken* in Hundsmühlen. So gegen ein Uhr nachts sind wir im Auto zurückgefahren. Wir wollten noch ein bißchen für uns allein sein.“

Im Dunkeln ist gut munkeln, dachte Tom, und ihm wurde wieder bitter bewußt, daß ihm seine Freundin den Laufpaß gegeben hatte.

„Also, wir sind auf den Parkplatz gefahren und haben ziemlich weit vorne gestanden. Es war total dunkel unter der Autobahn. Meine Freundin und ich saßen da in unserem Wagen und bekamen mit, daß ein Auto an uns vorbei auf das Gelände fuhr. Wir fühlten uns ein bißchen gestört, schließlich waren wir mit uns beschäftigt.“ Dabei grinste er, während seine Begleiterin verlegen zu Boden sah. „Es fiel uns aber auf, daß der andere ohne Licht gekommen war. Ich hab noch gedacht, die beiden können es wohl gar nicht erwarten."

„Und was ist dann geschehen?"

„Na ja, wir haben, wie gesagt, erst gar nicht so darauf geachtet. Aber irgendwie komisch war das schon. Das Auto ist bis hinten durchgefahren und hat da gehalten. War ja ein Stück weg von uns. Zu sehen war natürlich nichts. Dann aber blinkte da zwei- oder dreimal kurz ein Licht auf."

„Sicher von einer Taschenlampe."

„Ja, könnte gewesen sein."

„Konnte man etwas hören?"

„Ein bißchen. Es fuhr ja über uns auf der Autobahn hin und wieder ein Wagen lang, so daß es nicht ganz still war. Aber da hinten ging eine Tür auf, und dann gab es ein paar undefinierbare Geräusche, so als wenn ein Stein über einen anderen geschleift wurde. Dann ging die Tür wieder, und der Wagen kam zurück. Das Ganze hat ein paar Minuten gedauert."

„Wir haben schon eine ähnliche, allerdings sehr vage Zeugenaussage. Sie wissen aber offenbar mehr", sagte Ann-Kathrin Herzheim.

„Ja, nach sieben, acht Minuten kam das Auto zurück. Wir haben noch gedacht, daß die es aber eilig gehabt haben. So, und als der Wagen bei uns vorbeifuhr, leuchtete für einen ganz kleinen Augenblick ein Lichtschein von einem Auto auf, das den Marschweg heraufkam. Da konnte man sehen, daß in dem anderen Auto nur eine Person saß, nämlich der Fahrer."

„Können Sie den Mann beschreiben?"

„Nein, ja, er schien nicht allzu groß zu sein und trug einen Hut."

„War sonst was zu erkennen?"

„Es war ein großer Wagen, schwarz, dunkelblau oder dunkelgrün, mit leisem Motor, muß eine Oberklasse gewesen sein. Ach ja, für den Bruchteil einer Sekunde war das Nummernschild zu sehen. Es fing an mit ‚OL‘, Ziffern dahinter waren nicht mehr zu erkennen.“

„Können Sie noch etwas beisteuern?“ wandte sich Reismüller an die junge Frau, die sich bis dahin nicht geäußert hatte.

„Nein, aber ich kann alles bestätigen, was mein Freund gesagt hat.“

„Kommt, wir gehen in die Kantine“, lud Reismüller ein, nachdem die beiden Besucher gegangen waren, „ich gebe eine Runde Kaffee aus.“

Die Kantine war um diese Zeit nur spärlich besetzt. Die drei nahmen an einem runden Tisch in Fensternähe Platz und gaben ihre Bestellung auf. Auf Wunsch des Hauptkommissars gingen sie dann noch mal den Fall durch. Das hatten sie schon mal getan, aber inzwischen lagen ja die neuen Zeugenaussagen vom Obdachlosen, dem Taxifahrer und jetzt von dem jungen Pärchen vor – alles einzelne Mosaiksteinchen, die sich aber doch, einschließlich der Vermutungen, zu einem mehr oder weniger deutlichen Bild verdichteten.

„Fangen wir mit dem an, was wir wissen“, begann Reismüller. „Also, am Samstag vor zweieinhalb Wochen kam unser Mann mit dem Zug aus Berlin in Oldenburg an. Er trug nur eine Aktentasche bei sich und wollte, wie ja inzwischen bekannt ist, abends mit dem Zug zurückfahren. Mit einem Taxi ließ er sich in die Nähe der Jägerstraße bringen. Dort wurde er von einem Mann, sicherlich ein Einheimischer, im Auto abgeholt.“

„Der Verlauf der nächsten Stunden liegt im Dunkeln“, unterbrach Tom Hildebrand seinen Chef, „darf ich mal spekulieren?“

„Tu das, wir sind ganz Ohr.“

„Gut. Die beiden Männer wollten nicht zusammen gesehen werden. Wo fuhren sie hin? Bestimmt nicht in eine Gaststätte oder an einen öffentlichen Ort, sondern dahin, wo sie alleine sein würden, und das war die Wohnung, besser gesagt das Haus des Oldenburgers.“

„Könnte so gewesen sein“, nickte Ann-Kathrin Herzheim zustimmend, „aber was sich dann dort abspielte, ist nicht bekannt.“

„Wie man’s nimmt.“ Tom Hildebrand war jetzt in seinem Element. „Die beiden trafen also im Haus aufeinander. Sie hatten etwas vor, vielleicht einen Plan zu besprechen, jedenfalls dürfte es um etwas Wichtiges gegangen sein. Es kam, aus welchem Grund auch immer, zum Streit, zu einer erbitterten Auseinandersetzung. Die Sache eskalierte und lief vollends aus dem Ruder. In dieser Situation ergriff der Gastgeber einen schweren Gegenstand, zum Beispiel einen Leuchter oder einen steinernen Bierkrug, und erschlug damit seinen Gast.“

„Vielleicht geht die Phantasie mit dir durch, Tom; vielleicht ist an deiner Idee aber auch was dran“, sagte Reismüller und sah seinen jungen Kollegen nicht ohne Wohlwollen an. „Wie auch immer, eines bleibt offen, nämlich ob der Mord schon von vornherein geplant war.“

„Das glaube ich nicht. Die Umstände sprechen dafür, daß sich die Tat erst aus dem Ablauf des Treffens heraus ergeben hat.“

„Ich will dir nicht zu sehr in die Parade fahren“, wandte Ann-Kathrin Herzheim zögernd ein, „aber der Oldenburger hätte den Mann doch auch woanders hinfahren und umbringen können.“

„Dein Einwand ist ja nicht abwegig“, antwortete Hildebrand, „aber ich setze einfach mal voraus, daß sich die Sache im Haus des Oldenburgers abgespielt hat. Der Besucher war also tot. Jetzt mußte die Leiche beseitigt werden, und zwar so, daß sie nicht, zumindest nicht so bald, gefunden werden konnte. Der Täter – ob in ausgesprochener Streßsituation oder mit eiskalter Überlegung, sei dahingestellt – der Täter mußte handeln. Er kam auf die Idee mit dem Kanalschacht. Den Parkplatz unter der Autobahn beim Marschweg kannte er. Auch wußte er, daß da Schächte waren. Er schleppte den Toten zu seinem Wagen und verstaute ihn im geräumigen Kofferraum. Dann schnappte er sich ein Gerät zum Heben eines Schachtdeckels, vielleicht aus seiner Garage oder sonstwoher. Nun mußte er etwaige Spuren im Haus und draußen, jedenfalls am Tatort, beseitigen und die Dunkelheit abwarten.“

„Was dann passierte, ist uns in etwa bekannt“, sagte Ann-Kathrin Herzheim, „da haben wir ja die Zeugenaussagen.“

Reismüller und Hildebrand nickten.

„Der Täter fuhr nach Mitternacht in die hintere Region des Parkplatzes. Um ja nicht bemerkt zu werden, schaltete er vorher sein Licht aus. Er hielt neben dem Kanaldeckel, öffnete ihn fachkundig, zwängte das Opfer in den Schacht und schob den Deckel mit schlurfendem Geräusch zurück. Dabei bediente er sich, soweit es ging, vorsichtig einer Taschenlampe. Das Ganze dauerte nur wenige Minuten. Danach verließ der Täter mit noch nicht eingeschaltetem Licht den Parkplatz.“

Wenn auch Arnold Reismüller, Ann-Kathrin Herzheim und Tom Hildebrand von dem tödlichen Geschehen trotz mehrerer vager Vermutungen ihre Vorstellungen hatten, so blieben doch die entscheidenden Punkte offen: Wer war der Tote? Wer war der Mann, der die Tat begangen hatte? Wo lagen die Hintergründe und das Motiv?

„Wir müssen endlich herausfinden, wer der Tote ist", sagte Hildebrand, „nur dann können wir die Spur zum Mörder finden."

„Und das Motiv", ergänzte Ann-Kathrin Herzheim.

„Ja", faßte Reismüller zusammen, „wir stecken da in einer Sackgasse. Uns bleibt jetzt nur folgendes: Wir schalten das Bundeskriminalamt ein. Denen geben wir unseren Fall über unser LKA in Hannover durch und vor allem das Bild des Toten. Vielleicht werden die ja mit Hilfe der Kollegen vom LKA Berlin fündig."

19

Hauptkommissar Christiansen kam am frühen Vormittag in Heide an und fand sehr schnell die gesuchte Autowerkstatt. „Autohaus Gernot Baranowski, Fachhandel und Werkstatt" stand in großen Lettern über dem Eingangsbereich des hellgelb geklinkerten Gebäudebereichs. Bald stand er dem Inhaber, Gernot Baranowski, gegenüber. Christiansen berichtete dem fülligen, etwas gestreßt wirkenden, aber nicht unsympathischen Mann in der grauen Arbeiterschürze vom herrenlosen Ford im Dagebüller Hafen und nannte das Kennzeichen.

„Der Wagen gehört mir oder besser gesagt meinem Neffen. Warum sind Sie hier? Was ist mit dem Jungen, gibt's irgendwelche Probleme?"

„Ja, leider", antwortete der Kripo-Mann und erzählte in sachlichen, zurückhaltenden Worten vom Toten beim

Fischmarkt auf Föhr. Er beschrieb ihn und erklärte schließlich, daß mit Sicherheit ein Verbrechen vorliege.

Baranowski sah den Hauptkommissar ungläubig an, starrte dann eine Zeitlang vor sich hin und schüttelte abwehrend den Kopf. Nach einiger Zeit schien er sich einigermaßen gefaßt zu haben. „Sagen Sie, wie ist das denn passiert?“

Christiansen war klar, daß es sich bei dem Ermordeten um den Neffen seines Gegenübers handelte. Er berichtete nun ausführlich vom Geschehen am Hafen und vom Stand der Ermittlungen.

„Ich begreife das nicht und muß das erst verdauen. Haben Sie was dagegen, wenn ich auf diese Nachricht hin einen Schnaps trinke?“ fragte Baranowski zögernd.

„Nur zu.“

„Mein Gott, wie soll ich das nur meiner Frau beibringen. Die hängt an dem Jungen. Möchten Sie vielleicht einen Kaffee?“

„Gern, wenn’s keine zu großen Umstände macht.“

Der Besitzer des Autohauses und Christiansen begaben sich in einen kleinen, ziemlich engen Büroraum mit einer Glaswand zur Werkstatt hin.

Es wurde ein langes Gespräch, in dessen Verlauf der Hauptkommissar eine Menge über den getöteten Neffen erfuhr. Günter Baranowski war 20 Jahre alt. Geboren war er im niedersächsischen Delmenhorst, wo sein Vater ein Restaurant im Stadtzentrum nahe der Delmeburg betrieben hatte. Der Junge hatte dort die Realschule besucht, mit dem Erweiterten Abschluß beendet und dann die Höhere Handelsschule angeschlossen. Nach dem Tod seiner Eltern vor drei Jahren hatten ihn die Verwandten in Heide aufgenommen. Der junge Mann war etwas unstet und bald im Rahmen seiner Bundeswehrausbildung nach Delmenhorst zurückgegangen. Immerhin hatte ihm sein

Onkel den alten Ford zur Verfügung gestellt, im Grunde geschenkt.

„Wissen Sie, was Ihr Neffe auf Föhr wollte?“ fragte der Hauptkommissar zwischendurch und erfuhr einiges Interessantes.

Günter Baranowski war vor sechs Tagen nach Heide gekommen. An seinem Wagen waren einige unaufschiebbare Reparaturen nötig, die von der Werkstatt großzügigerweise noch am selben Tag ausgeführt worden waren. Der Neffe hatte bei seinen Verwandten übernachtet und war am nächsten Morgen losgefahren – nach Föhr.

Wie Christiansen im Laufe des Gesprächs erfuhr, besaß Gernot Baranowski dort ein kleines Ferienappartement, das dem Neffen zur Verfügung stand. Was Günter genau auf der Insel wollte und ob er vielleicht mit jemandem verabredet war, wußte der Onkel nicht. Sein Neffe hatte sich den Wohnungsschlüssel geben lassen und gesagt, er würde gern für ein paar Tage rüberfahren. Das Appartement, erzählte Baranowski weiter, liege etwas versteckt am Rugstieg, Ecke Helgoländer Straße in einem Haus mit drei Wohnungen, hinter einer großen, ausladenden Buche. Der Neffe sei vermutlich allein in dem Haus gewesen, weil die beiden anderen privaten Ferienwohnungen meistens unbesetzt blieben.

„Noch eine Frage. Ist Ihr Neffe öfter auf Föhr?“

„Nein, in letzter Zeit gar nicht.“

„Hat er Bekannte oder Freunde auf der Insel?“

„Nein, nicht daß ich wüßte.“

„Wir würden uns die Wohnung gern einmal ansehen. Ist das möglich?“

„Selbstverständlich, kein Problem, den Schlüssel haben Sie ja. Ich kann Sie aber nicht begleiten, weil ich wegen der Ferienzeit Hochbetrieb habe. Die Kunden wollen ihre Autos vorm Urlaub noch mal durchchecken lassen."

„Sagen Sie, wo wohnt Ihr Neffe in Delmenhorst?"

„Der wohnt nicht mehr in Delmenhorst, sondern in Oldenburg."

„In unserm Oldenburg hier in Holstein?"

„Nein, in Oldenburg in Niedersachsen."

„Ah ja. Was macht er denn da?"

„Der geht wieder zur Schule, zur Höheren Schule, will, äh – wollte sein Abitur bauen."

„An welcher Schule denn?"

„Warten Sie ... Jetzt hab ich's. *Ludwig-Erhard-Bildungszentrum* heißt das da."

„Wissen Sie auch die Abteilung?"

„Ja, das Wirtschaftsgymnasium."

20

Hauptkommissar Christiansen erhielt dann auf sein Nachfragen ein paar weitere Details über Günter Baranowksi. Er wohnte in der Donnerschweer Straße, ein Stück vom Pferdemarkt und vom Hauptbahnhof entfernt. Finanziell war er nicht auf Rosen gebettet und oft knapp bei Kasse. Eine kleine Erbschaft von seinen Eltern war aufgebraucht; er lebte, so meinte der Onkel, wohl von Bafög und Hartz IV und auch etwas Wohngeld. Gelegentlich habe er von ihm einen kleinen Geldschein zugesteckt bekommen, schließlich sei er ja sein Onkel und das seinem verstorbenen Bruder schuldig.

Christiansen bedankte sich bei dem Besitzer des Autohauses und machte sich auf den Weg nach Föhr. Er war durchaus zufrieden mit dem, was er erfahren hatte. Jetzt würden sie sich Baranowskis Wohnung am Rugstieg ansehen und dann natürlich die Kripo-Kollegen in Oldenburg einschalten!

Er wollte das Schiff um 13.45 Uhr erreichen und gab ordentlich Gas. Zu neugierig war er auf die Wohnung Baranowskis. Bis Tönning kam er zügig voran, fluchte aber dann innerlich, denn es herrschte zunehmender Verkehr, und bis kurz vor Husum gelang es ihm partout nicht, einen langsam vor ihm fahrenden Schwertransporter zu überholen. So hatte er in Dagebüll Zeit bis zur Abfahrt der 15.00-Uhr-Fähre. Er rief von dort aus seinen Kollegen Adomeit per Handy an und bat ihn, ihn am Wyker Anleger abzuholen, damit sie zu zweit gleich zum Rugstieg fahren könnten.

Gegen vier standen sie dort vor dem gesuchten Haus. An den geschlossenen Fensterläden der beiden anderen Appartements sahen sie, daß diese, wie vom Onkel vermutet, unbesetzt waren. Sie schlossen das Haus auf und betraten die einfach eingerichtete Wohnung. Diese bestand aus einem verhältnismäßig geräumigen Wohnraum mit Schrankbett und einer integrierten Küchenzeile sowie einem kleinen Badezimmer. Das Ganze machte einen etwas unordentlichen, unaufgeräumten Eindruck. Ein paar auseinandergenommene Zeitungsseiten lagen auf dem Tisch, zwei, drei Werbeschriften, die man von den Fährschiffen mitnehmen konnte, ein paar leere DIN A4-Bögen mit einem Kugelschreiber daneben, ein zusammengefalteter Ortsplan von Wyk und ein Flaschenöffner. Auf dem Küchenbrett standen ein halbes Dutzend Bierflaschen und benutztes, unabgewaschenes Geschirr; im Kühlschrank lagerten verschiedene Lebensmittel. Ein paar Kleidungsstücke lagen im Schrank, an der Garderobe hingen ein Jeanshemd und eine Schirmmütze, darunter stand eine kunstlederne Reisetasche. Im oberen Schubfach einer kleinen Kommode schließlich fanden die beiden Beamten Günter Baranowskis Führerschein sowie die Fährkarte und den Parkplatzzettel, beide auf die bekannten vier Tage datiert.

Adomeit wollte gerade mit Christiansen die Wohnung verlassen, da fiel sein Blick noch einmal auf das obere Blatt des Schreibpapiers. Es war offenbar als Unterlage beim Schreiben benutzt worden, denn undeutliche Eindrücke vom Kugelschreiber waren zu sehen. Der Kommissar nahm den Bogen und hielt ihn gegen das Fensterlicht. Zu erkennen war praktisch nichts, nur eine Zeile konnte mit Mühe bruchstückhaft entziffert werden:

„...ute ...m 1 U... ...cht ... ...af..."

Die beiden Männer rätselten zunächst, waren sich dann aber über den vollen Wortlaut einig: „Heute um 1 Uhr nachts Hafen ..."

Christiansen und Adomeit war klar, daß Günter Baranowski dies geschrieben hatte. War es lediglich eine Notiz für sich selbst als Merkhilfe oder aber Teil eines Briefes an eine andere Person mit der Aufforderung, sich nachts am Hafen zu treffen? Wenn sie doch nur wüßten, warum Baranowski auf die Insel gekommen war. Das war jedenfalls nicht als Urlauber mit dem Ziel geschehen, sich vier schöne, erholsame Tage zu machen. Aber warum dann? Von Oldenburg bis hierher waren es immerhin rund 350 Kilometer. War das eigentliche Ziel des jungen Mannes Heide, um bei seinem Onkel das Auto kostenlos reparieren zu lassen, und hat er dann die Gelegenheit wahrgenommen, wo er nun schon mal in der Gegend war, nach Föhr weiterzufahren? Oder war sein eigentliches Ziel von vornherein die Insel, und er hatte bei seinem Onkel nur Station gemacht? Vermutlich, da waren sich die beiden Beamten einig, ist das letztere richtig. Baranowski muß dann auf Föhr von sich aus brieflich Kontakt zu dem Menschen aufgenommen haben, der zu seinem Mörder werden sollte. Er wollte also etwas von dem, zumindest ihm begegnen. Aber da war immer wieder die Frage: Um was ging es? Etwas Gravierendes müßte es schon gewesen sein.

Christiansen und Adomeit verließen Wohnung und Haus und schlossen alles sorgfältig ab. Fachleute der Spurensicherung heranzuziehen, war im Moment nicht nötig; das konnte gegebenenfalls immer noch veranlaßt werden. Die beiden Männer fragten noch in den benachbarten Häusern nach eventuellen Beobachtungen. Die Leute zeigten sich interessiert und hilfsbereit, konnten aber nichts sagen. Lediglich ein Bewohner von gegenüber hatte den jungen Baranowski kurz gesehen, als der mal sein Haus verlassen hatte. Das war aber auch alles.

„Wie machen wir es jetzt mit unseren Kollegen in Oldenburg, wer informiert die?“ fragte Adomeit, bevor sich die beiden am Spätnachmittag auf der Polizeistation verabschiedeten.

„Ich übernehme das“, antwortete Christiansen, „gleich morgen früh.“

21

Hauptkommissar Reismüller saß wie so oft schon früh in seinem Dienstzimmer. Er blätterte in der Akte „Der Kanaltote“ und mußte sich eingestehen, im Moment, trotz mancher Erkenntnisse, nicht viel weitergekommen zu sein. Es war wie verflixt, kein Fingerzeig, wer der Tote sein könnte. Aber das Bundeskriminalamt wird sich bestimmt in den nächsten Tagen melden. Hoffentlich bringt das was; warten wir ab.

Gerade legte er die Akte beiseite, als das Telefon ging. Am Apparat war Hauptkommissar Dieter Christiansen aus Schleswig-Holstein. Reismüller kannte den Kollegen flüchtig; sie waren sich mal vor Jahren bei einem Polizeiseminar in Hamburg begegnet. Die beiden wechselten ein paar persönliche Worte und wurden dann dienstlich.

„Wir brauchen Ihre Hilfe“, sagte Christiansen, „es geht um den Tod eines jungen Mannes, Günter Baranowski heißt er, aus Ihrem Oldenburg.“ Dann schilderte er alles, was sich auf Föhr abgespielt hatte. Ein bißchen wortreich und umständlich, fand Reismüller, und stellte noch ein paar Fragen. „Dann wollen wir mal schaun“, versprach er abschließend, „wir befassen uns mit dem Mann und werden uns dann in Kürze melden.“

Oberkommissarin Herzheim kam ins Zimmer, kurz danach folgte Tom Hildebrand. Der junge Kollege schien etwas müde, aber im Gegensatz zu den zwei letzten Tagen blendender Laune zu sein.

„Mit deiner Freundin alles wieder in Ordnung?“ fragte Ann-Kathrin, ihn aufmunternd anlächelnd.

„Ja, haben uns gestern wieder vertragen und Versöhnung gefeiert. War ein schöner Abend.“

„Oder eine schöne Nacht“, grinste Reismüller anzüglich.

„Gibt’s was Neues?“ fragten die beiden ihren Chef.

„Ja“, und dann berichtete Reismüller von dem gerade geführten Telefongespräch.

„Dann hat unser armer Mitbürger dort auf der fernen Insel eins über die Rübe gekriegt“, witzelte Tom in seiner aufgeweckten Stimmung, „genauso wie hier der Kanaltote. Scheint bei Mördern in Mode zu kommen.“

Reismüller, der gerade selbst zuvor eine mehr als lässige Bemerkung gegenüber Hildebrand gemacht hatte, sah seinen jungen Mitarbeiter strafend an und schüttelte mißbilligend den Kopf. Auch Ann-Kathrin schien den Ausspruch nicht allzu angebracht zu finden.

„Paßt auf! Kati, du setzt dich mit der Schule in Verbindung; Baranowski war Schüler des Wirtschaftsgymnasiums. Da muß man uns ja was über den sagen können. Ein bißchen schwierig wird's wegen der Sommerferien sein; aber ich weiß, daß das Schulsekretariat dort teilweise besetzt ist. Wenn wir Glück haben, ist auch Dr. Gollenwald, der Direktor, erreichbar."

„Gollenwald, ist das nicht der Mann, der diesen Krimi geschrieben hat? Da war doch was mit ‚Blutspur', mit ‚Oldenburg und Inseln'."

„Genau der. Übrigens Sylt und Föhr."

„Ah ja, gut, dann mach ich mich auf die Socken."

„Schön, und wir beide, Tom, fahren zur Wohnung von diesem Baranowski."

Die Oberkommissarin rief in der Schule an. Die Sekretärin war am Apparat. „Sie können gern kommen", sagte sie freundlich, „hier ist allerdings wegen der Ferien kaum Betrieb. Unser Chef ist aber im Lande; den können Sie ruhig privat zu Hause anrufen."

Ann-Kathrin tat das und entschuldigte sich für die Störung am frühen Morgen, und das in den geheiligten Ferien.

„Kein Problem", lachte Gollenwald, „ich bin Frühaufsteher und für die Kriminalpolizei natürlich jederzeit zu sprechen. Aber sagen Sie, darf ich fragen, um was es geht?"

„Um den Tod eines Ihrer Schüler."

„Mein Gott. Ich stehe selbstverständlich sofort zur Verfügung. Wir könnten uns in einer halben Stunde in der Schule treffen. Ist Ihnen das recht?"

„Sehr gern."

Eine knappe halbe Stunde später saßen sich beide im Dienstzimmer gegenüber. Der Schulleiter musterte die Kripo-Beamtin mit offenkundigem Interesse. Verdammt hübsche Frau, stellte er für sich fest. Er ließ zwei Tassen Kaffee kommen und hörte mit persönlicher Betroffenheit von der tödlichen Nacht am Wyker Hafen.

„Es war also Mord?“

„Ja, zweifelsfrei. Er ist bewußtlos geschlagen und dann ins Wasser gestürzt worden.“

„Der arme Junge. Wie tut mir das leid, unendlich leid.“

„Ja, schlimme Sache.“

„Jetzt möchten Sie bestimmt Näheres über unseren Schüler wissen.“

„Deswegen bin ich hier. Wir recherchieren natürlich in alle Richtungen. Wie ich weiß, verstehen Sie quasi einiges von unserem Fach.“

Gollenwald fühlte sich geschmeichelt. „Von Ihrem Fach nun wirklich nicht“, wehrte er ab.

„Na ja, als Krimi-Autor haben Sie doch Einblicke in unser Metier.“

„Ein klein wenig, und das auch nur sehr amateurhaft.“ Er sah die Besucherin an und konnte nicht verhehlen, daß ihm diese Frau ausnehmend gut gefiel. Er ließ sich aus dem Sekretariat verschiedene Unterlagen bringen, unter anderem Zensurenlisten sowie das Schülerpersonalblatt und das Kursheft Baranowskis. Sie sahen sich die Papiere gemeinsam an.

Günter Baranowski war seit knapp zwei Jahren Schüler des Wirtschaftsgymnasiums. Er hatte jetzt die zwölfte Jahrgangsstufe beendet und wäre nach den Sommerferien in den Abiturjahrgang eingetreten. Seine Leistungen waren, wie man ersehen konnte, allerdings wenig überzeugend, in einigen Fächern lagen sie unterm Strich oder reichten gerade so eben aus. Es bestanden große Zweifel am Bestehen der Abiturprüfung. Persönlich konnte Gollenwald nichts Wesentliches zu seinem Schüler sagen, da er ihn selbst nicht unterrichtet hatte. Er kannte ihn eigentlich nur vage von zwei, drei Klassen- und Kursbesuchen her.

Gut wäre es, wenn die Lehrkräfte befragt werden könnten, überlegte Gollenwald, aber die sind ja irgendwo im Urlaub weit weg von Oldenburg. Dann fiel ihm ein, daß heute Frau Oberstudienrätin Angela Dreischulte Präsenzdienst hatte. Die kennt doch Baranowski näher. Klar.

„Ich habe einen Vorschlag“, sagte er, „Sie können heute noch Baranowskis Tutorin sprechen.“

„Tutorin?“

„Das ist so etwas wie die Klassenlehrerin. Die kennt ihn genauer und weiß sicher einiges über ihren Schüler zu sagen. Sie kommt heute vormittag noch hierher.“ Er schaute auf seine Uhr. „Die müßte jederzeit hier aufkreuzen.“

„Toll. Wenn ich darf, werde ich warten, vielleicht im Besucherzimmer?“

„Aber nein. Ich leiste Ihnen bis dahin natürlich Gesellschaft.“

„Halte ich Sie nicht von der Arbeit ab?“

„Keineswegs, überhaupt nicht. Sie sagten vorhin, ich sei so ein bißchen vom Fach. Darf ich Ihre nette Bemerkung schamlos ausnutzen und Sie etwas in dieser Richtung fragen?“

„Nur zu.“

„Ich habe die Presseberichte über die Leiche im Kanalschacht verfolgt. Fürchterliche Sache, aber irgendwie auch wieder spannend. Sie arbeiten bestimmt fieberhaft an der Aufklärung dieses ungewöhnlich schrecklichen Verbrechens.“

„Natürlich. Wir kennen den Toten nicht, noch nicht, sind aber am Ball.“

„Ich wünsche Ihnen viel Erfolg.“

„Sie interessieren sich für die Sache besonders als Krimi-Schreiber?“

„Genau so ist es. Solche Fälle bringen ja manche Anregung.“

„Das kann ich mir denken. Das Leben schreibt die besten Romane, sagt man ja. Übrigens habe ich mir vorgenommen, jetzt Ihr Buch zu lesen.“

„Das freut mich. Hoffentlich entdecken Sie nicht zu viele fachliche Fehler.“

„Oh, ich werde mit größtmöglicher Strenge lesen.“

„Doch wohl nicht korrigieren und mir eine Note geben?“

„Vielleicht doch. Ich habe in meiner Schulzeit manche Fünf eingeheimst. Da kann ich mich ja prima revanchieren. Der Tag der Rache ist gekommen.“ Sie lachte.

Es klopfte, und Oberstudienrätin Angela Dreischulte trat ein. Gollenwald machte die Damen miteinander bekannt und bat seine Lehrerin, der Oberkommissarin ein möglichst umfassendes Bild über den Schüler Baranowski zu geben.

Die Frauen verabschiedeten sich vom Schulleiter und zogen sich ins Besprechungszimmer zurück. Liebend gern hätte Gollenwald noch weiter mit der Polizistin geplaudert. Hoffentlich sehe ich diese attraktive Frau bald wieder, sagte er sich, und es ging ihm bei diesem Wunsch gar nicht so sehr um fachliche Anregungen für seinen neuen Kriminalroman.

Angela Dreischulte war eine mittelgroße Frau, unverheiratet, schlank, kurzgeschnittene, dunkle Haare, moderne, randlose Brille. Sie war ferienmäßig leger angezogen und wirkte in ihrem Auftreten etwas burschikos, aber durchaus offen und keineswegs unsympathisch. Ann-Kathrin Herzheim jedenfalls gefiel die Frau, auch wenn diese die Lehrerin nicht ganz verleugnen konnte. Als sie vom gewaltsamen Tod ihres Schülers hörte, zeichnete sich tiefe Betroffenheit in ihrem Gesicht ab. Sie schwieg eine Weile und stammelte: „Um Himmels Willen, wer tut so etwas? Was hat man diesem jungen Menschen bloß angetan." In ihren Augen schimmerte es feucht. Nach einigen Minuten hatte sie sich aber gefangen und riß sich zusammen. Sie führte sogar das Gespräch und hielt, vielleicht um sich abzulenken, gleichsam ein kleines Kolleg über die Schule, die Kollegen, die Schüler und dann Günter Baranowski.

Er war, wie Ann-Kathrin Herzheim erfuhr, älter als der Jahrgangsdurchschnitt, galt als Einzelgänger und hatte kaum Freunde. Wegen seines guten Aussehens wurde er von nicht wenigen Mädchen umschwärmt. Über sein Privatleben war so gut wie nichts bekannt. Wie schon von Dr. Gollenwald gehört, ließen seine schulischen Leistungen sehr zu wünschen übrig. Ein erfolgreicher Abschluß am Wirtschaftsgymnasium galt zumindest als sehr zweifelhaft. Überdurchschnittliche Leistungen lagen allerdings im Fach Informatik vor, wo Baranowski mit den maximalen 15 Punkten Spitzenreiter war. Auch in der Fotoarbeitsgemeinschaft, die allerdings nicht fürs Abitur zählte, hatte er sich als interessiert und kompetent erwiesen.

Es ist ja einiges, was ich über Günter Baranowski erfahren habe, überlegte Ann-Kathrin Herzheim, als sie die Schule verließ. Aber irgendwelche Anhaltspunkte, die für den Mord auf Föhr etwas gebracht hätten, schienen nicht dabei gewesen zu sein. Vielleicht hatten ja ihre beiden Kollegen mehr erfahren.

22

Arnold Reismüller und Tom Hildebrand standen vor dem Haus, in dem Baranowski wohnte. Es befand sich in der Donnerschweer Straße zwischen dem alten vor sich hingammelnden VfB-Sportplatz und dem Wasserwerk. Auf ihr Klingeln am zweiten Namensschild hin ging die Tür auf, und die Hausbesitzerin, eine ältere, korpulente Frau, erschien. Nachdem die beiden Männer sich ausgewiesen hatten, durften sie eintreten.

„Oh Gott, tot? Mein junger Mieter tot? Das kann doch nicht wahr sein. Wie schrecklich!“ Mit zitternden Händen führte sie die Beamten in Baranowskis Wohnung und zog sich selbst, immer noch ungläubig den Kopf schüttelnd, zurück.

Reismüller und Hildebrand standen in einer kleinen Einzimmerwohnung. Linkerhand ging das Bad ab; rechts war als Ersatz für die Küche ein Kühlschrank mit einer metallenen Borte plaziert. Eine Bettcouch, ein ovaler Tisch mit drei Polsterstühlen in der Raummitte, ein schmaler, aber hoher Schrank und ein alter Eichenschreibtisch komplettierten die etwas kärgliche Ausstattung. Auf dem Tisch lagen ein paar Schulhefte und -bücher, Baranowskis Personalausweis, Schreibutensilien, ein kleiner Stapel Reiseprospekte und ein knappes Dutzend Taschenbücher – ausschließlich Kriminalromane amerikanischer Autoren. Die beiden Polizisten sahen sich alles gründlich an, schauten auch ins Bad und in den

Schrank, fanden aber nichts Auffälliges oder für sie Beachtenswertes. Dann wandten sie sich dem nicht sehr großen, altmodischen Schreibtisch zu. Mitten darauf stand ein Computer, der den größten Teil der Schreibtischplatte ausfüllte. Es handelte sich um eine ziemlich neue Siemensanlage. Reismüller fiel ein, daß sein Kollege Christiansen in Baranowskis Auto einen Fotoapparat gefunden hatte, eine Digitalkamera, und spürte hier unwillkürlich einen Zusammenhang. Er wußte, daß man mit solch einem Gerät Bilder über den Computer erhalten konnte. „Tom, ihr jungen Leute versteht mehr von diesen modernen Techniken. Ich kenne mich da nur so ungefähr aus."

Hildebrand freute sich, hier etwas mehr zu wissen als sein Chef. „Das ist ganz einfach. In die Kamera kommt eine Speicherkarte, auf der beim Fotografieren die Bilder aufgenommen werden. Durch ein Kabel wird dann eine Verbindung zum Computer hergestellt, der sich die Bilder gleichsam aus dem Apparat holt und auf seiner Festplatte speichert."

„Das geht doch auch über einen Adapter."

„Sagen wir besser: über ein Lesegerät, fachlich ausgedrückt Speicherkartenlesegerät. In diesem Fall wird die Speicherkarte aus dem Fotoapparat rausgenommen und in den Computer gesteckt. Der holt sich wieder wie im ersten Fall die Bilder."

Auf Reismüllers fragenden Blick fuhr er eifrig fort: „Bedenke, dies sind nur zwei unterschiedliche technische Abläufe, die zum selben Ergebnis führen. In beiden Fällen landen die Bilder auf der Computerfestplatte und werden von da auf den Bildschirm gebracht. Übrigens ist es heute gängige Praxis, mit Kabel zu arbeiten, mit USB-Kabel. Du weißt bestimmt, daß das auf dem Schirm erscheinende Bild bearbeitet, also auf verschiedene Weise verändert werden kann.“

„Ist da nicht was mit Internet möglich?“

„Jawoll, sehr gut; man kann das Bild beziehungsweise die Bilder ins Internet geben und auch als E-Mail verschicken.“

„Und natürlich beliebig ausdrucken.“

Tom lächelte nachsichtig. „Der Kandidat erhält hundert Punkte. Selbstverständlich.“

„Jetzt hör zu. Es kommt meine entscheidende Frage.“ Der Hauptkommissar suchte nach einer gescheiten Formulierung, fand sie aber nicht. „Ich meine in bezug auf unseren Fall. Kann da noch was an Bildern in der Kamera und vor allem im Computer vorhanden sein?“

Tom Hildebrand war in seinem Element. „Wenn die Speicherkarte aus dem Fotoapparat rausgenommen wurde, ist da natürlich nichts mehr. Paß auf, jetzt wird's interessant. Im Computer können die Bilder gespeichert und dann selbstverständlich auch gelöscht werden. Aber selbst wenn der Benutzer sie virtuell gelöscht hat, sind die Bilder noch im Rechnerhintergrund vorhanden, also gespeichert.“

Reismüller horchte auf. „Mensch, das ist ja was! Dann müssen sich unsere Fachleute das Ding hier genau ansehen.“

„Du wirst staunen. Die haben ein Spezialprogramm zur Wiederherstellung der Bilder, also nur Reaktivierung, wenn du so willst.“

„Teufel auch, das könnte uns weiterbringen. Was wir da womöglich zu sehen kriegen und rausfinden!“

„Ich werde noch heute alles Nötige veranlassen.“

Die beiden Männer verließen das Zimmer. Im Flur wartete die immer noch verstörte Vermieterin auf sie und bot ihnen eine Tasse Tee an.

„Nett von Ihnen, aber vielen Dank, wir haben's eilig. Können Sie uns vielleicht noch etwas Bedeutsames über ihren Mieter erzählen?"

Es war nicht viel, was die Frau berichten konnte. Ihr Wohnzimmer und ihre Küche gingen nach hinten raus, und daher hatte sie wenig mitbekommen. Besuch hatte Baranowski selten; sie hatte auch nicht darauf geachtet. Er war häufig weg und schien auch manchmal nachts nicht nach Hause gekommen zu sein. Besondere Hobbys waren der Vermieterin nicht aufgefallen. Sie wußte aber, daß der „junge Mann", wie sie ihn mehrfach nannte, eine Kamera besaß und wohl gern fotografierte. An seinem Computer hatte er viel gesessen. Sein Zimmer schloß er immer, wenn er weg war, ab.

Die beiden Besucher bedankten sich bei der Frau. Sie erklärten ihr, daß zwei Leute von der Polizei kämen, um sich im Zimmer umzusehen und daß es bis dahin kein Fremder betreten dürfe. So sehr der Wirtin der Tod ihres Mieters an die Nieren ging, so spannend und aufregend fand sie das Ganze dann doch.

Im Präsidium wartete Ann-Kathrin Herzheim schon auf Reismüller und Hildebrand. Sie begrüßten sich mit „Hallo" und zogen sich, um nicht im Dienstzimmer gestört zu werden, an ein ruhiges hinteres Plätzchen in der Kantine zurück. Die Oberkommissarin hatte sich inzwischen polizeiintern über Günter Baranowski schlaugemacht. Er war ein unbeschriebenes Blatt, Vorstrafen lagen nicht vor.

Tom befand sich immer noch in Hochstimmung und gab eine wahlfreie Runde aus. Ann-Kathrin trank ein bescheidenes Mineralwasser – „für die schlanke Linie", frotzelte er –, Reismüller ein Bitter Lemon, und er selbst genehmigte sich ein großes Erdinger – „alkoholfrei", betonte er bei der Bestellung, zwinkerte aber mit den Augen, was die Bedienung durchaus verstand; sie kannte schließlich ihre Pappenheimer. Die drei schienen sich zunächst einig, daß der Tod Baranowskis auf Föhr eine Angelegenheit der dortigen Polizei sei. Ihr Gefühl sagte ihnen dann aber doch, daß das Ganze auch stark Oldenburg betreffe.

„Ich weiß nicht warum, aber mich läßt das Gefühl nicht los, daß die Wurzeln des Mordfalles bei uns in Oldenburg liegen", spekulierte Reismüller. Die beiden anderen nickten zustimmend, obwohl es keine Anhaltspunkte für diese Vermutung gab.

„Wenn das stimmt, dürfte es also unser Fall sein", sagte Ann-Kathrin. „Wißt ihr was? Es kribbelt mir in den Fingern; ich würde am liebsten nach Föhr fahren und mich da an Ort und Stelle umsehen." Sie sah ihren Chef gespannt an. Würde er positiv reagieren?

Der zog an seinem linken Ohrläppchen und faßte sich dann an die Nase. „Keine schlechte Idee, sogar eine sehr gute. Dann machen wir's. Die Dienstreisegenehmigung werde ich schon hinkriegen. Du fährst gleich morgen, und zwar für zwei Tage. Wir sorgen von hier aus für eine Hotelunterkunft. Ach ja, wir müssen natürlich eines beachten. Du darfst nicht in hochoffizieller Mission fahren. Das müßte auf dem formellen Dienstweg mit der Kripoverwaltung in Husum geregelt werden, und das wäre so kurzfristig ein bißchen schwierig. Am besten fährst du inoffiziell außerhalb des Dienstweges dahin. Ich werde telefonisch abklären, daß du dich in deren Zuständigkeitsbereich auf Föhr nur kurz umsiehst und ein paar Fragen stellst, zumal es sich bei dem Ermordeten ja um einen Oldenburger handelt. Die werden uns bestimmt grünes Licht für dich geben."

23

Auf Föhr schien die Sonne. Ein frischer Wind wehte über die Insel. Es war warm. Das schöne Wetter ging jedoch an Polizeioberkommissar Jürgen Adomeit vorbei. Sein grimmiges Gesicht verriet, daß er alles andere als zufrieden war.

„Was ist los mit dir, zu spät ins Bett gekommen und obendrein noch schlecht geschlafen?" fragte Ulf Höderer.

„Mich ergreift das maßlose Oberkotzen."

„Wenn's denn sein muß. Aber bitte nicht in meiner Gegenwart."

Adomeits Miene hellte sich nicht auf. „Wenigstens kann ich heute abend wieder einen Tag bis zu meiner Pensionierung abstreichen."

„Nun mach mal halblang. Wo drückt dich denn der Schuh?"

„Drücken ist gar kein Ausdruck. Unser werter Christiansen war ja noch leidlich zu ertragen. Aber stell dir vor, nun schicken die uns noch wen aus Niedersachsen auf den Hals."

„Was will der denn hier?"

„Der? Schön wär's, eine Kripo-Mieze aus Oldenburg schicken die uns."

„Starkes Stück."

„Das kannste mal laut sagen. Die will den Mord im Hafen untersuchen."

„Und hier bei uns rumschnüffeln und uns bestimmt zeigen, was eine Harke ist."

„Ja, Husum hat mir zwar mitgeteilt, daß die sozusagen inoffiziell, also halb privat, kommt; wir sollen der Spürnase aber liebenswürdigerweise trotzdem zur Hand gehen.“

„Zur Hand gehen ist gut.“ Höderer grinste wie ein Honigkuchenpferd auf Abwegen. „Wenn die nun jung und hübsch ist, könnte man der ja etwas mehr als nur zur Hand gehen, du verstehst?“

„Ich versteh gar nichts. Sie kommt mit dem Schiff um Viertel vor zwei hier an. Wir müssen der ja nicht die Ehre geben und sie zu zweit vom Schiff abholen, kein großer Bahnhof für die.“

„Laß sein. Ich hole die ab und schleppe sie zu uns hierher.“

„Schön, daß mir das wenigstens erspart bleibt.“

Höderer stand im Grunde auf der Seite seines Vorgesetzten und konnte dessen Verärgerung verstehen. Dennoch erschien ihm dessen Aufregung reichlich machohaft.

Gern wäre Ann-Kathrin Herzheim bis Cuxhaven gefahren und vom dortigen Flugplatz Nordholz-Spieka mit einer Kurzstreckenmaschine nach Föhr geflogen. Das hatte aber so kurzfristig nicht geklappt. Deswegen mußte sie den Zug über Bremen, Hamburg, Itzehoe, Heide und Husum nehmen. Sie freute sich auf Föhr. Zwar war sie die zwei Tage dienstlich da und würde genug zu tun haben, aber etwas Zeit sollte gewiß zum Kennenlernen der *Grünen Insel* bleiben.

Um vierzehn Uhr saßen Ann-Kathrin Herzheim, Jürgen Adomeit und Ulf Höderer, der sie vom Anleger abgeholt hatte, im kleinen, aber passabel eingerichteten Aufenthaltsraum der Polizeistation zusammen. Beim Anblick des weiblichen Gastes aus Oldenburg war die miese Laune des Oberkommissars wie durch ein Wunder gänzlich verflogen, und auch sein Kollege strahlte jetzt übers ganze Gesicht.

„Ich freue mich, von so netten Kollegen in Empfang genommen zu werden“, sagte Ann-Kathrin lächelnd und spürte, wie das Wort ‚Kollegen‘ den beiden wie Honig runterging.

Höderer sorgte, was nicht eingeplant war, spontan für Kaffee, und Adomeit fischte aus einer Anrichte eine Schachtel Föhrer Kleingebäck hervor. Ann-Kathrin Herzheim erzählte den beiden, daß sie von den drei großen nordfriesischen Inseln Sylt kenne und auch mal auf Amrum gewesen sei, aber unverzeihlicherweise noch nicht auf Föhr, und dabei hätten Bekannte ihr soviel von diesem schönen Eiland vorgeschwärmt. Die beiden Männer schmolzen wie Eis in der Sonne dahin und überboten sich darin, für die Kollegin aus Oldenburg Inselführer zu spielen.

Das Gespräch wurde dienstlich. Die Oberkommissarin ließ sich ausführlich über alles bisher Geschehene, auch über Details, informieren und stellte zwischendurch ein paar Fragen, die eifrigst beantwortet wurden. Sie ließ sich dann den Schlüssel der Baranowskischen Wohnung aushändigen, um sich dort selbst umzusehen.

„Wir begleiten Sie natürlich sehr gern“, bot Adomeit an.

„Danke, sehr lieb von Ihnen, aber bitte keine Umstände; ich will auch nur kurz dahin.“ Sie ließ sich den Weg beschreiben.

„Wie lange bleiben Sie bei uns?“

„Nur bis morgen.“

„Sind Sie gut untergebracht?“

„Ich denke schon, habe ein Hotelzimmer in der Gmelinstraße, soll direkt am Kurpark liegen.“

„Wir bringen Sie gerne hin“, versuchte Höderer sein Glück.

„Herzlichen Dank, das ist gut gemeint. Aber ich bummle in aller Ruhe dahin; meine Reisetasche ist nicht schwer, die kann ich selbst tragen. Morgen melde ich mich bei Ihnen.“

Ann-Kathrin Herzheim schlenderte den Sandwall, dann die Südpromenade entlang und bog beim Haus des Gastes an der Badestraße in die Gmelinstraße ein, wo sie ganz kurz in ihrem Hotel Station machte.

Eine Viertelstunde später stand sie, nach einem Bummel durch den Drosselstieg, den Amselweg und die langgestreckten Grünanlagen, vor Baranowskis Haus. Was erwarte ich hier eigentlich, fragte sie sich. Die ansässigen Beamten haben doch schon alles auf den Kopf gestellt. So war sie denn auch nicht enttäuscht, daß ihre Durchsuchung der Wohnung ohne konkretes Ergebnis blieb.

Sie wollte gerade gehen, da fiel ihr Blick auf den Wyker Ortsplan, der offenbar dem jungen Baranowski gehörte und der zusammengefaltet auf dem Tisch lag. Sie schlug den Plan auf, eigentlich mehr, um sich selbst ein bißchen im Ort zu orientieren, und studierte die Straßen, Plätze und Anlagen. Da – sie bemerkte ein kleines rotes Zeichen, ein x, das jemand – sicherlich Baranowski – da hingekreuzt hatte. Es mußte sich um eine Stelle, wahrscheinlich ein Haus am Stockmannsweg nahe der Einmündung Parkstraße, handeln. Neugierig geworden, zog es sie dahin. Sie verließ das Haus. Diesmal ging sie mit zügigen Schritten ein Stückchen durch den Berliner Ring, den Fasanenweg und die Waldstraße. Da sah sie auch schon die im Ortsplan markierte Stelle. Das mußte es sein, eine Villa mit freiem Blick auf den Strand, die Hallig Langeneß und die Silhouette Amrums mit dem imposanten, hoch aufragenden Leuchtturm.

Ein junger Mann im Arbeitskittel war dabei, die ausgedehnte Rasenfläche des Gartens zu mähen. Sollte sie zum Haus gehen, einfach klingeln und dann weitersehen? Am liebsten würde sie es tun. Aber nein, vielleicht sollte sie erst erkunden, wem das Anwesen gehörte und wer da wohnte. Sie eilte zur Kurverwaltung, wies sich aus, trug ihren Wunsch vor und nannte Straße und Hausnummer.

„Ich seh mal nach", sagte das junge Mädchen mit der engen, tief ausgeschnittenen Seidenbluse und dem Minirock hinter dem Besuchertresen. „Ah, hier haben wir's schon. Die Besitzer sind nicht von hier. Das sind Auswärtige vom Festland."

„Ja, weiter!"

„Das Haus gehört einem Ehepaar."

„Und woher?"

„Aus Oldenburg, Oldenburg in Niedersachsen."

„Die haben doch sicher einen Namen."

„Natürlich", das junge Mädchen guckte etwas indigniert, „Schöllenberger, Erika, und Horst-Wendelin Schöllenberger, Bankdirektor."

24

Schöllenberger, Schöllenberger – der Name ging Ann-Kathrin Herzheim unablässig durch den Kopf, als sie wieder draußen war. Schöllenberger, das ist doch der Boß der *Norddeutschen Spar- und Kreditbank*, den sie aus der Zeitung kannte. Einmal war der zusammen mit Dr. Gollenwald abgebildet gewesen. Da ging's um diesen Förderkreis der Schule; da mischte der Mann mit, war wohl sogar Vorsitzender. Sie setzte sich auf eine Bank zwischen dem Musikpavillon am Sandwall und den beiden Außenschachfeldern, wo gerade ein Spieler seinen großen Plastikläufer in die Hand nahm, ihn mit Schmackes niedersetzte und seinem verdutzten Gegner ein lautes „Schach“ zurief.

Bevor sich Ann-Kathrin zu Schöllenbergers Haus begab, wollte sie sich doch noch kurz ein paar Informationen über das Ehepaar einholen. Sie nahm ihr Handy hervor und drückte Reismüllers eingespeicherte Nummer ein. Er meldete sich nicht. Auch Tom Hildebrand war nicht zu erreichen. Was nun? Sie wußte im Moment nur einen, der vielleicht ein paar Hinweise auf den Bankdirektor geben konnte, und der war Dr. Gollenwald. Also gut. Sie hatte noch den Privatanschluß des Schulleiters im Kopf und wählte die Nummer. Er war tatsächlich am Apparat und schien erfreut, die Stimme der Polizistin zu hören.

„Von Föhr rufen Sie an? Ich glaube, Sie haben das allerbeste Urlaubswetter.“ Da fiel ihm sein ermordeter Schüler ein. „Oder sind Sie in dienstlicher Mission da?“

„Das Letztere. Sie kennen doch den Bankdirektor Schöllenberger?“

„Ziemlich gut sogar. Der ist Vorsitzender unseres Förderkreises. Übrigens“, er lachte amüsiert, „das ist ja witzig, wissen Sie, wo der gerade ist?“

„Wenn Sie schon so fragen, hier auf Föhr?“

„Genau, der macht da mit seiner Frau ein paar Tage Urlaub, will sich den Wind um die Nase wehen lassen, hat er mir kürzlich gesagt. Aber warum fragen Sie, hat er etwas verbrochen?“ Er lachte wieder.

Sie antwortete ausweichend, erfuhr aber dann doch ein paar Dinge über den Bankchef, allerdings nichts, was mit dem toten Baranowski in Zusammenhang hätte stehen können.

„Ich habe mich über Ihren Anruf außerordentlich gefreut“, sagte Gollenwald am Ende des Gesprächs, „ich stehe Ihnen immer gern zur Verfügung“ – eigentlich hätte er wohl sagen müssen ‚zu Auskünften zur Verfügung’, aber ihm gefiel seine Formulierung besser. „Vielleicht ernennen Sie mich eines Tages zu Ihrem ersten Assistenten.“

„Zum Hilfssheriff.“

Beide lachten.

Als Ann-Kathrin Herzheim zum Haus der Schöllenbergers kam, war der Gärtner gerade mit seiner Arbeit fertig und schob den Aufsitzmäher in den geklinkerten Schuppen. Das ganze Anwesen machte mit der pompösen, gläsernen Veranda einen gepflegten, fast herrschaftlichen Eindruck. Ann-Kathrin klingelte. Ein junges Hausmädchen mit weißer Schürze öffnete. Es war nur Frau Schöllenberger anwesend. Ihren Mann hatte es bei dem sonnigen Wetter zum Strand gezogen. Die beiden Frauen setzten sich auf die Veranda. Die Oberkommissarin taxierte die Hausherrin kurz. Sie war einerseits angetan von deren selbstsicheren, gewandten Auftreten, fand sie andererseits nicht sonderlich sympathisch.

„Ich komme wegen eines Günter Baranowski. Sagt Ihnen der Name etwas?“

„Nein“, sie zuckte mit den Schultern, „nie gehört. Halt, warten Sie, ist das nicht der Tote aus dem Hafenbecken? Da stand doch einiges im *Inselboten* drin.“

„Ja. Sie kennen den aber nicht?“

„Nein, wie ich schon sagte. Woher sollte der mir auch bekannt sein? Wieso kommen Sie zu uns und fragen nach diesem bedauernswerten Mann. Was sollten wir mit dem zu tun haben?“ Sie schüttelte unwillig den Kopf.

„Na ja, es war nur eine Frage.“ Sie erzählte jetzt von dem Ortsplan in Baranowskis Wohnung und von Schöllenbergers gekennzeichnetem Haus.

„Merkwürdig. Ich verstehe immer noch nicht, was uns das angehen soll.“

„Vielleicht ja überhaupt nichts. Es fällt nur auf, daß der Mann ebenfalls aus Oldenburg kommt.“

Erika Schöllenberger hob ihre Hände und schüttelte wieder den Kopf. Sie hatte offenbar wirklich nichts mit dem Ermordeten zu tun. Die Haustür ging, und Horst-Wendelin Schöllenberger kam auf die Veranda. Daß Besuch da war, schien ihm nicht unangenehm zu sein. Jedenfalls begrüßte er den Gast zuvorkommend und setzte sich leutselig dazu.

„Die Beamtin ist hier, um sich nach dem Mann zu erkundigen, den man tot aus dem Hafenbecken gezogen hat, ein Günter Baranowski aus Oldenburg soll das wohl sein.“

„Kenne ich nicht.“ Und dann fragte er genauso wie seine Frau, warum die Polizei ausgerechnet bei ihnen vorstellig werde. Auf das Kreuz auf dem Ortsplan konnte er sich auch keinen Reim machen. Die Besucherin sprach ihn dann noch auf die Schule an und darauf, daß Baranowski das Wirtschaftsgymnasium besucht hatte. „Sie sind doch Vorsitzender des dortigen Förderkreises. Ist Ihnen da mal der Baranowski über den Weg gelaufen?“

Schöllenberger schüttelte den Kopf. Mit diesem Schüler habe er nie etwas zu tun gehabt; der sei ihm, wie schon gesagt, völlig unbekannt.

Ann-Kathrin Herzheim mußte sich eingestehen, nicht viel klüger als vor dem Besuch zu sein. Beim Gehen sagte sie: „Ich muß noch etwas fragen. Bitte verstehen

Sie das, es ist reine Routine. Wo waren Sie in der Nacht, als der Mord geschah, in der Zeit zwischen 23.30 und 2.30 Uhr?“

„Verstehe“, antwortete Schöllenberger nicht unfreundlich. „Sie fragen nach einem Alibi. Da haben wir Glück“, er lachte. „Meine Frau und ich waren den ganzen Abend bis etwa drei Uhr nachts auf dem Piratenfest im Kurgartensaal am Sandwall gegenüber dem Musikpavillon, und zwar ununterbrochen. Dafür gibt’s viele Zeugen.“

„Vielen Dank. Vielleicht haben wir bei Gelegenheit ein paar weitere Fragen an Sie.“

„Gern, wir fahren übrigens übermorgen nach Oldenburg zurück.“

Es war inzwischen später Nachmittag. Morgen würde Ann-Kathrin mit der 10-Uhr-Fähre Föhr verlassen. Für ein Gespräch mit Adomeit und Höderer war es jetzt etwas zu spät. Dafür war morgen früh noch Zeit. Wo sie nun schon mal auf dieser beschaulichen Insel war, konnte sie sich ja ein bißchen umtun. In einem Fahrradgeschäft in der Königstraße lieh sie sich ein holländisches Tourenbike und brauste los zu einer kleinen Inseltour. Der Wind hatte zwar noch mehr aufgefrischt, dafür war es nicht mehr so heiß wie tagsüber, also angenehmes Wetter für ein bißchen Bewegung.

Sie fuhr Richtung Nieblum, machte einen Schlenker zum Gotingkliff, und dann ging’s über die bekannte Traumstraße bis Utersum, wo sie oben auf der Düne beim Badestrand den weiten Blick nach Amrum und Sylt genoß. Zurück wählte sie die Strecke durch Dunsum und Süderende, machte jeweils kurz Station bei der Laurentius-Kirche und am Ringwall der Lembecksburg, bevor sie schließlich über Alkersum und Wrixum nach Wyk zurückkam. Sie gab ihr Fahrrad ab und fand in der nahegelegenen Gaststätte *Bi de Pomp* in der heimeligen, durch die vielen Rosen romantisch anmutenden Carl-Häberlin-Straße gerade noch einen freien Platz. Nach einer Stärkung, sie genehmigte sich entgegen ihrer sonstigen Gewohnheit sogar ein Flensburger Pilsener, bummelte sie durch die Mühlenstraße und über die Strandpromenade zurück zu ihrem Hotel.

Die Insel, das Wetter, ihre Rundfahrt hatten ihr sehr gefallen, die Ergebnisse ihrer Ermittlungen dagegen nicht so sehr. Sie dachte an den Besuch bei den Schöllenbergers. Interessante Leute, ja, aber ein Zusammenhang mit dem ermordeten Baranowski? Nein. In Oldenburg würden sie dennoch den Bankdirektor im Auge behalten. Vielleicht ergab sich aus dem morgigen Gespräch mit Adomeit und Höderer noch irgend etwas.

Die beiden Polizisten freuten sich sehr, als die ‚Oldenburger Kripo-Mieze' bei ihnen erschien. Die Oberkommissarin berichtete über das Kreuz auf dem Wyker Ortsplan und ihre Begegnung mit dem Ehepaar Schöllenberger. Alle Achtung, dachte Adomeit, die ist nicht nur hübsch, sondern auch findig. Höderer blickte betreten drein, da mußten seine Kollegen von der Spurensicherung, die inzwischen dagewesen waren, gepennt haben. Sie versprachen, das Alibi der Schöllenbergers nachzuprüfen, „auf diskrete Weise", beeilte sich Adomeit zu versichern. In dem in Baranowskis Auto gefundenen Digitalfotoapparat waren, so erfuhr Ann-Kathrin auf ihre Nachfrage, keine Spuren zu finden gewesen. Es stecke auffälligerweise keine Speicherkarte drin; die mußte der junge Mann, aus welchem Grund auch immer, ganz gezielt entfernt haben. Ann-Kathrin Herzheim machte sich ihre Gedanken darüber und verabschiedete sich.

25

Als die Oberkommissarin am frühen Nachmittag in Oldenburg ankam, wollte sie sich eigentlich ein Taxi nehmen und direkt zum Dienst fahren. Sie begab sich dann aber doch in ihre Wohnung; ihr modernes Zwei-Zimmer-Appartement in der Raiffeisenstraße nahe der Industrie- und Handelskammer und dem ehemaligen Arbeitsamt lag nicht weit vom Bahnhof entfernt. Sie machte sich frisch, nahm sich kaum die Zeit, eine Kleinigkeit zu essen und fuhr dann mit ihrem Fahrrad ins Präsidium, wo Arnold Reismüller sie schon erwartete. Tom Hildebrand war wegen einer Dienstfahrt nach Wittmund und Esens nicht anwesend. Ann-Kathrin berichtete ihrem Vorgesetzten von ihren Ermittlungen auf Föhr. Sie ging besonders auf ihren Besuch bei den Schöllenbergers ein und erwähnte die Digitalkamera Baranowskis, aus der die Speicherkarte herausgenommen worden war. Gespannt war sie in diesem Zusammenhang darauf, was ihre Fachkollegen in Baranowskis Computer entdeckt hatten. Da müßten ja jetzt Ergebnisse vorliegen. Sie wurde jedoch maßlos enttäuscht. Ihre Leute hatten eine böse Überraschung erlebt, als sie die vermuteten Bilder von der Festplatte reaktivieren wollten. Es war keine Festplatte in dem Gerät gewesen! Baranowski mußte sie ausgebaut haben. Das war natürlich die einzige Möglichkeit, die Bilder dem Zugriff anderer zu entziehen.

Warum, fragten sich die beiden, hat der Mann die Speicherkarte aus der Kamera und vor allem die Festplatte aus dem Computer entfernt? Was war darauf gewesen? Was mochten das für Aufnahmen sein? Irgend etwas Besonderes mußte in jedem Fall dahinter stecken. Ja, in diesen Bildern konnte die Ursache für den Mord an Baranowski liegen. Also eine heiße Spur! Hätten sie doch nur die Festplatte, dann hätten sie sicherlich auch die Lösung. Wenn die Festplatte vernichtet war, gab es keine Möglichkeit, über diese Spur zur Lösung des Ganzen zu kommen. Aber wenn sie noch existierte? Wenn sie irgendwo versteckt war? Wenn sie zum Beispiel in einem Schließfach deponiert oder jemandem zum Aufbewahren gegeben worden war?

Eigentlich, sagten sich Ann-Kathrin Herzheim und Reismüller, wußten sie nicht viel über Günter Baranowski. Er war Schüler des Wirtschaftsgymnasiums, ein sehr mäßiger Schüler, und schien kaum Freunde und Bekannte gehabt zu haben. Und da blieb eine Frage: Was wollte der auf Föhr? Keinesfalls wollte er ein paar Tage Urlaub machen. Das wußte man. Er wollte etwas anderes, etwas ganz Bestimmtes. Aber was? Wenn man das doch rausbekommen könnte, wäre ein erfolgversprechender Schritt getan.

Und dann waren da die Schöllenbergers. Die waren gleichzeitig mit Baranowski auf der Insel, zumindest für ein paar Tage. Noch mal die Frage: Zufall oder nicht? Eigentlich mußte das Zufall gewesen sein. Aber aus welchem Grund, um alles in der Welt, hatte Baranowski das Anwesen des Ehepaars im Ortsplan angekreuzt? Der Bankdirektor stand mit der Oldenburger Schule in Verbindung, der Schule, in der Baranowski die Abteilung Gymnasium besuchte. Sollte da ein Zusammenhang zwischen den beiden bestanden haben? Eigentlich kaum denkbar.

Fragen über Fragen und keine entscheidenden Antworten.

Reismüller und Ann-Kathrin Herzheim kamen sich vor wie zwei Autofahrer, die in eine Sackgasse geraten waren und hilflos an deren Ende standen. Irgend etwas mußte unternommen werden. Sie beschlossen, sich fürs erste näher mit Horst-Wendelin Schöllenberger zu befassen. Er war ja eine bekannte Persönlichkeit, aktiv in zahlreichen Vereinen und Gremien, weithin angesehen auch als großzügiger Sponsor und Mäzen. Und dann war er der große Mann im Sport bei den Basketballern. Reismüller fiel ein, daß sie einen Beamten im Hause hatten, einen Polizeimeister, der alter Basketballhase war und in der Seniorenmannschaft spielte. Der Mann kam auch gleich, nachdem er ihn angerufen hatte, und freute sich, seinen Dienst auf der Wache für einige Zeit unterbrechen zu können. Er erwies sich als bestens informiert und plauderte eifrig drauflos. Reismüller und Ann-Kathrin Herzheim hörten gespannt zu und erfuhren interessante Dinge.

Bankdirektor Schöllenberger war seit drei Jahren Präsident des sehr renommierten und weit über die Grenzen Oldenburgs hinaus bekannten Vereins. Unter seiner Führung hatte sich die erste Mannschaft einen festen Platz in der Basketballbundesliga erkämpft und zählte zu den sechs, sieben Topteams. In den Playoff-Runden, in denen die acht höchstplazierten Mannschaften den Meister ausspielten, war der Verein allerdings vorzeitig ausgeschieden. Das ließ Schöllenberger keine Ruhe. Er investierte erhebliche Summen in die Verpflichtung bekannter Spielerstars und hatte nur ein Ziel vor Augen, nämlich Oldenburg zur Basketball-Hochburg zu machen. Es war für ihn mehr als eine Vision: Die Mannschaft mußte, komme was da wolle, in zwei, spätestens drei Jahren absolutes Spitzenteam in Deutschland sein und auch international Furore machen. Und daß die Nationalmannschaft künftig stark mit Spielern von den *Olde-Baskets* bestückt würde, war für ihn ein weiteres erklärtes Ziel. Schließlich war ja der Bau der EWE-Arena wesentlich auf seine Initiative und vor allem sein finanzielles Engagement, besser gesagt das seiner Bank, zurückzuführen. Daß Oldenburg und die EWE-Arena künftig Schauplatz für Länderspiele sein sollten, gehörte ebenfalls zu seinen hochfliegenden Plänen.

Horst-Wendelin Schöllenberger hatte aber auch, so wurde von Insidern hinter vorgehaltener Hand gemunkelt, für sich ganz persönlich höchst ehrgeizige Pläne. Präsident des Deutschen Basketballbundes wollte er werden und von dieser Position aus in internationale Sportgremien aufsteigen. Die Durchführung der kommenden Weltmeisterschaft war ja schon an Brasilien vergeben, aber die übernächste wollte er nach Deutschland holen. Zielgerichtet strickte er an seiner Karriere als hoher und einflußreicher Sportführer. Letztlich mußte es ihm auch gelingen, ins Olympische Komitee einzurücken. Seine engen Verbindungen zu Sportmanagern, Spieleragenten und Verbandsfunktionären würden seine Wege ebnen.

Nachdem der Kollege gegangen war, schwiegen Reismüller und Ann-Kathrin Herzheim eine Weile, so als müßten sie das Gehörte verdauen.

„Donnerwetter“, entfuhr es dem Hauptkommissar dann, „unser verehrter Bankdirektor hat ja wirklich sagenhafte Pläne.“

„Der scheint von einem unstillbaren, brennenden Ehrgeiz besessen zu sein.“

„Soll so ein Mann etwas mit dem für ihn unbedeutenden Schüler Baranowski zu tun gehabt haben?“

Direktor Gollenwald, das war den beiden klar, hatte verständlicherweise bei seiner riesigen Schülerzahl nicht viel über den Gymnasiasten sagen können. Aber da war die Oberstudienrätin Angela Dreischulte, die Tutorin. Von der war auch nicht viel zu erfahren gewesen. Ob die nicht vielleicht doch noch ein paar Dinge wußte?

„Ich denke gerade folgendes“, meinte Reismüller, „die Eltern von Baranowski sind tot, seine Verwandten wohnen weit weg, hier hatte er wenig Kontakte; aber wenn der nicht gerade schwul war, müßte der eine Freundin gehabt haben.“

„Hm, hast recht. Vielleicht hatte er mal bei einem Schulfest oder Klassentreffen ein Mädchen dabei.“

„Dann reden wir noch mal mit der Dreischulte.“

„Sehr gut. Eine andere Frage. Wir sind durch Schöllenberger und Baranowski ein bißchen von unserem Kanaltoten abgekommen. Hat sich das Bundeskriminalamt gemeldet oder das Landeskriminalamt aus Berlin?“

„Nee, beide noch nicht. Die sind bestimmt am Ball.“ Er lachte: „Die haben natürlich auch Urlaubszeit; ich denke aber, wir werden bald von denen hören. Sonst hake ich nach.“

26

Oberstudienrätin Angela Dreischulte war zu Hause. Sie würde erst in der zweiten Ferienhälfte verreisen. Sie empfing die beiden unangekündigten Besucher in hellgrauer Trainingshose mit geblümtem Shirt. „Entschuldigen Sie meinen unkonventionellen Aufzug“, begrüßte sie die beiden Gäste, „Sie wollen mich bestimmt noch mal wegen Günter Baranowski sprechen.“

„Ja.“ Ann-Kathrin Herzheim und der Hauptkommissar setzten sich und erklärten der Lehrerin, daß sie sich weiter mit dem tragischen Tod des Schülers beschäftigten und gern mehr über ihn wissen würden.

„Sagen Sie“, fragte Reismüller direkt, „da war ja wohl wenig Kontakt zu anderen. Er hatte aber doch sicher eine Freundin?“

„Eine Freundin?“ Sie zögerte. „Ja, ich habe ihn ein paarmal in Begleitung gesehen, übrigens einer Schülerin von mir aus der Abteilung Berufsschule, und zwar aus einer Fachklasse für Bankauszubildende. Da habe ich wegen des Blockunterrichts dreizehn Wochen lang zwei Sportstunden gegeben. Daran hatte ich bei dem Gespräch mit Ihnen in der Schule, Frau Herzheim, gar nicht gedacht.“ Sie sah die Oberkommissarin entschuldigend an.

„Wie heißt das junge Mädchen?“

„Ellen heißt die. Wissen Sie, ich rede meine Schüler und Schülerinnen immer mit Vornamen an. Die Nachnamen sind mir kaum geläufig. Ich schau mal in meine Zensurenlisten. Ja, hier hab ich sie: Winkelborn. Ellen Winkelborn.“

„Können Sie auch sagen, bei welcher Bank die lernt und wo sie wohnt?“

„Nein, aber das können Sie schnell in der Schule erfahren.“

In der Schule war jetzt am Nachmittag niemand zu erreichen. Ann-Kathrin schlug vor, sich noch heute mit Direktor Gollenwald in Verbindung zusetzen, der müsse ja die gewünschten Angaben machen können. Sie würde dann Reismüller die Anschrift des Mädchens durchgeben. Er könne dann zu der hinfahren und sie befragen. Reismüller fand den Vorschlag sehr gut. Er begab sich bis dahin ins Präsidium.

Dr. Gollenwald war gleich am Telefon, als Ann-Kathrin Herzheim anrief. Er hatte die Schülerunterlagen natürlich nicht zu Hause. Deswegen verabredeten sie sich gleich in der Schule. Kleine ‚Störung‘ in den Ferien, dachte Gollenwald, aber eine mehr als angenehme. Bevor er losfuhr, warf er noch einen Blick in den Spiegel, kämmte sich und band sich eine Krawatte um.

Als Ann-Kathrin Herzheim vor der Schule ankam, wurde sie schon erwartet. Sie ging mit dem Schulleiter in dessen Dienstzimmer und fragte ohne Umschweife nach Ellen Winkelborn. Gollenwald schaltete seinen PC ein und konnte sehr schnell Auskünfte geben. Ellen Winkelborn war eine gute Schülerin, deren Leistungen allerdings in den letzten drei, vier Monaten auffallend nachgelassen hatten.

„In welcher Bank ist sie Auszubildende?"

„Hier haben wir's: In der *Norddeutschen Spar- und Kreditbank*."

„Ah ja, dann ist der Herr Schöllenberger ihr höchster Chef."

„Das ist er. Übrigens kenne ich die Ellen. Die macht in ihrer Freizeit Cheerleading. Ich habe sie kürzlich bei einem Basketballspiel gesehen."

„Bei den *Olde-Baskets*?"

„Ja, woher wissen Sie ...?"

„Die sind doch sehr bekannt. Gute Mannschaft; die stehen ja fast täglich in der Zeitung. Bei denen ist auch der Schöllenberger Vereinspräsident, sozusagen auch Boß der Cheerleader-Mädchen."

„Na ja, wenn Sie es so sehen."

„Würden Sie mir die Adresse Ihrer Schülerin geben?"

„Natürlich." Er schrieb die Straße und Hausnummer auf einen Zettel.

„Haben Sie etwas dagegen, wenn ich die eben meinem Kollegen durchgebe?"

„Aber keineswegs."

Ann-Kathrin telefonierte kurz mit Reismüller und informierte ihn.

„Ich bin jetzt neugierig. Warum interessieren Sie sich so für die Ellen Winkelborn?“

„Sie war die Freundin Ihres ermordeten Schülers Günter Baranowski.“

„Aha, verstehe. Sie erhoffen sich von ihr Auskünfte, die der Polizei weiterhelfen.“

„Ja, wir hoffen es.“

„Schade“, sagte Gollenwald, als sich sein Gast verabschiedete, „das war ja nur ein kurzer Besuch.“

„Wieso, wir sehen uns heute noch.“

Gollenwald sah sie erstaunt und erfreut zugleich an.

„Sie halten doch eine Lesung aus ihren ‚Blutigen Spuren nach Sylt‘ in der Kulturetage in der Bahnhofsstraße.“

„Natürlich, und von dieser unbedeutenden Veranstaltung wissen Sie?“

„Ich hab die Ankündigung in der Presse gelesen.“

„Und Sie wollen wirklich kommen und sich langweilen?“

„Ich komme, sofern Sie mir nicht ein Teilnahmeverbot aufhalsen.“

„Ich werde mich hüten – und mich vor ihren kritischen Ohren besonders anstrengen müssen.“

„Ich bitte darum.“

Beide lachten.

Ann-Kathrin Herzheim sah auf die Uhr. Sie hatte noch Zeit, ins Präsidium zu fahren. Wie zu erwarten, war Reismüller noch nicht da. Zwanzig Minuten später erschien er. Die Oberkommissarin berichtete ihm gleich von dem, was sie bei Dr. Gollenwald erfahren hatte, und wartete gespannt auf die Ergebnisse ihres Vorgesetzten. Er hatte Ellen Winkelborn nicht angetroffen, aber mit der Vermieterin, einer „etwas scheuen, umständlichen alten Dame“, wie er sie beschrieb, gesprochen. Das Mädchen hatte ja Schulferien und in ihrer Bank Urlaub genommen. Deswegen war sie wie so oft in freien Zeiten nach Langeoog, ihre Heimatinsel, gefahren, wo ihre Eltern einen Betrieb besaßen. Die Wirtin hatte Ellen als ein aufgewecktes, angenehmes und solides junges Mädchen beschrieben. In letzter Zeit allerdings sei sie oft in sich gekehrt und häufiger als vorher außer Haus gewesen. Ellen habe wohl einen Freund. Der sei aber wenig in Erscheinung getreten. Sie habe ihn nur einmal kurz gesehen. Den Namen konnte die alte Dame nicht nennen; sie meinte aber, mal den Namen ‚Günter' aufgeschnappt zu haben.

„Das ist ja alles interessant", faßte Ann-Kathrin Herzberg den neuen Kenntnisstand zusammen, „da ist der tote Baranowski, da ist der Bankdirektor Schöllenberger. Und Ellens Verhältnis zu den beiden? Sie ist, beziehungsweise war, die Freundin Baranowskis und befindet sich gleichzeitig im Lehrverhältnis in Schöllenbergers Bank."

„Außerdem gehört sie zur Cheerleadergruppe bei den *Baskets*, wo wiederum Schöllenberger Präsident ist."

„Wir müssen dieses Personendreieck im Kopf behalten."

„Natürlich. Wie dem auch sei, wir müssen dringend mit Ellen Winkelborn sprechen. Das ist mir furchtbar wichtig. Weißt du was? Ich zische morgen ab nach Langeoog; ein Tag genügt dafür, das ist zu schaffen."

„Gut, und ich werde noch mal dem Schöllenberger auf die Bude rücken. Der ist morgen wieder hier."

Ein Polizist kam ins Zimmer und überbrachte eine Nachricht aus Föhr. Oberkommissar Adomeit hatte sich gemeldet. Er und sein Kollege Höderer hatten die Anwesenheit vom Ehepaar Schöllenberger auf dem Piratenfest überprüft. Der Bankdirektor war in der entscheidenden Zeit zwischen 23.30 und 2.30 Uhr ununterbrochen im Saal gewesen, und auch seine Frau hatte in den drei

Stunden die Veranstaltung nicht verlassen. Das hatte der Veranstalter eindeutig ausgesagt. Das Ehepaar besaß also ein Alibi.

27

„Hallo, ich will doch meine Krimi-Fans gern persönlich begrüßen“, sagte Dr. Gollenwald an der Eingangstür zum Vortragssaal in der Kulturetage und gab allen Ankommenden die Hand, „hoffentlich bereuen Sie es nicht, aus meinen ‚Blutigen Spuren nach Sylt‘ soviel von Mord und Totschlag zu hören.“ Er freute sich über jeden Besucher, jede Besucherin, hielt aber insbesondere Ausschau nach Ann-Kathrin Herzheim. Sie wird doch wohl noch kommen, hoffte er. Die kurzen Eröffnungsworte des Hausherrn und Veranstalters waren vorbei und die ersten Sätze gelesen, dann kam sie. Sie schlängelte sich zu einem Platz in der letzten Reihe durch und winkte Gollenwald kurz zu.

Mit der Szene, in der die geheimnisvolle schwarzhaarige Frau zu mitternächtlicher Stunde ihren Komplizen an der Westerländer Promenade durch einen tödlichen Messerstich ins Jenseits befördert, ging es in die Pause. Gollenwald widmete sich hier und da den Gästen, die sich an den kleinen Stehtischen bei einem Glas Wein, Mineralwasser oder Saft aufhielten, und eilte zielstrebig, aber nicht zu auffällig, auf Ann-Kathrin zu. „Herzlich willkommen, Frau Kriminaldirektorin. Darf's was zu trinken sein?“

„Direktorin noch nicht, aber einen Rotwein nehme ich gern.“

Er ließ sich zwei Gläser einschenken und reichte ihr eines. „Ich hatte schon befürchtet, daß Sie nicht kommen."

„Da waren noch ein paar wichtige dienstliche Dinge. Schulmeister müßte man sein und jetzt so schöne Ferien haben."

„Es können aber auch mörderische Sommerferien sein", konterte er.

„Weiß Gott, mit mörderischen Vorgängen haben wir jetzt genügend zu tun. Aber im Roman sind wir Kripo-Leute am Ende immer die großen Sieger und bringen die Verbrecher mit Scharfsinn und Geschick zur Strecke. Im wirklichen Leben ist die Verbrecherjagd oft viel weniger spannend und dafür mit unendlich viel Mühe und Kleinarbeit verbunden."

„Ich widerspreche nicht, bin mir aber sicher, daß Sie Erfolg haben werden."

Nach dem zweiten Teil der Lesung und der letzten Passage wurde Gollenwald noch von Zuhörern in Beschlag genommen und hatte Bücher zu signieren. Dann leerte sich der Saal. Die Oberkommissarin stand an der Tür. „Ich will mich noch von Ihnen verabschieden."

„Das ist nett. Aber schade, wir konnten in der Pause nur ein paar Worte wechseln und unsere Unterhaltung nicht zu Ende führen. Was halten Sie davon, wenn wir unser Gespräch bei einem Glas Wein fortsetzen? Ich lade Sie ein."

„Einverstanden, wenn's nicht zu spät wird. Ich muß morgen schließlich wieder auf Verbrecherjagd gehen." Dabei sah sie ihn schelmisch an.

Sie gingen zu Fuß durch die Gottorpstraße, vorbei an der ehemaligen Hauptpost, dem alten, abbruchreifen Hallenbad, überquerten den um diese Zeit ruhigen Marktplatz und stiegen die Stufen in den *Ratskeller* hinab. Das renommierte Restaurant war wie fast immer gut besetzt, vor allem durch die Besucher des Staatstheaters, die – es war die letzte Vorstellung vor den Theaterferien – noch etwas beisammen sitzen wollten. Ann-Kathrin Herzheim und Hans-Wilhelm Gollenwald hatten Glück. Im hinteren Lokalbereich wurde ein Zweiertisch frei. Die beiden setzten sich. Gollenwald bestellte zwei Schoppen trockenen Pfälzer Rießling, den die aufmerksame, flotte Bedienung schnell brachte.

„Auf die Mörderjagd im wahren Leben", sagte Gollenwald und hob sein Glas.

„Auf die Mörderjagd im Kriminalroman."

Die beiden stießen miteinander an. Sie redeten über Gott und die Welt und landeten schließlich bei den beiden aktuellen Todesfällen.

„Als Krimi-Autor interessieren mich diese Morde ungemein", sagte Gollenwald. „Ich verfolge alles, was man darüber liest und hört, aber Sie dürfen natürlich nicht viel sagen."

„So ist es. Aber nicht alles ist top secret."

„Da ist die Leiche in Oldenburg im Kanalschacht, und da ist der Tote im Wyker Hafen auf Föhr. Als Schreiberling macht man sich so seine Gedanken und hat eine überspitzte Phantasie. Aber liegen nicht trotz der Entfernung zwischen den beiden Verbrechen Parallelen vor? Beide Male wird ein Mann durch einen Schlag mit einem schweren, stumpfen Gegenstand auf den Kopf sozusagen unschädlich gemacht und nach unten befördert, in dem einen Fall nach unten in den Schacht und in dem anderen Fall nach unten ins Hafenbecken."

„Sie werden lachen", unterbrach Ann-Kathrin Herzheim leicht amüsiert, „diese Ähnlichkeit ist uns beileibe nicht verborgen geblieben; die haben wir längst registriert."

„Und da besteht eine Verbindung zwischen Oldenburg und Föhr durch meinen Schüler Baranowski, der dort ein paar Tage war."

„Nicht nur Baranowski, denken Sie auch an den Ihnen ja gut bekannten Bankdirektor Schöllenberger."

„Natürlich", sagte Gollenwald, um zu einem weiteren Aspekt zu kommen. „Etwas anderes, Sie fragten mich heute nach dieser Ellen Winkelborn."

„Ja."

„Ausgesprochen hübsche junge Dame. Fast so hübsch wie Sie."

Die Oberkommissarin errötete leicht. Sie spürte das und ärgerte sich über sich selbst. Mußte sie zeigen, daß das Kompliment ihr nicht unangenehm war? „Schade, daß wir so wenig über Ihren Schüler und seine Freundin wissen."

„Sie oder Ihr Kollege werden die Ellen ja befragen. Ich drücke die Daumen, daß es dann einen Fingerzeig für Sie gibt."

„Danke."

„Darf ich Sie was fragen? Wie kommen Sie auf Ellen Winkelborn?"

„Auf die hat uns Ihre Lehrkraft Angela Dreischulte hingewiesen. Das Mädchen soll die Freundin Günter Baranowskis sein."

„Ah ja, das wird stimmen. Frau Dreischulte ist eine sehr engagierte Pädagogin, die immer für ihre Schülerinnen und Schüler da ist und sich auch für deren Umfeld interessiert."

Ann-Kathrin Herzheim schaute auf die Uhr. „Es ist spät geworden. Ich denke, wir sollten langsam aufbrechen.“

Gollenwald ließ sich die Rechnung bringen und bezahlte.

„Eigentlich war ich für getrennte Kassen.“

„Ich sehe mich nicht dem finanziellen Notstand ausgesetzt. Aber wissen Sie was, meine Kreativabteilung im Kopf signalisiert mir eine Idee. Sie können sich ja gelegentlich revanchieren und mich dann einmal zu einem Lokalstündchen einladen.“

„Ich werd’s mir überlegen.“

„Das betrachte ich als Zusage.“

Beide lachten und verließen den *Ratskeller*.

Ann-Kathrin Herzheim hatte nichts dagegen, daß Dr. Gollenwald sie nach Hause begleitete. Vor ihrer Haustür verabschiedeten sie sich. Als sie die Tür zuzog, winkte sie dem Schulleiter nach.

28

Kriminalhauptkommissar Arnold Reismüller befand sich auf dem Weg nach Langeoog. Er war mit sich und der Welt unzufrieden. In seiner Familie hing der Haussegen schief. Sein Sohn hatte den Eltern lapidar mitgeteilt, daß er mit Beginn des neuen Semesters seine Studienrichtung ändern werde, und seine 16jährige Tochter wollte partout mit ihrem Freund zum Zelten nach Frankreich fahren. Zu allem Überfluß nörgelte seine Frau an ihm herum. Es schmeckte ihr nicht, daß er einen ganzen Tag weg mußte. Sein Angebot, doch mitzufahren, hatte sie ziemlich abrupt abgelehnt. Sie wollte es sich lieber im Garten bequem machen. Seine Laune wurde um keinen Deut besser, als er an die beiden zu lösenden Fälle dachte. Was hatten sie denn schon erreicht? Nichts Entscheidendes. Er kam sich vor wie ein in der Wüste Umherirrender, der vergebens nach einer Oase Ausschau hält – und merkte selbst, daß dieser Vergleich doch stark hinkte. Warten wir erstmal ab, was von Ellen Winkelborn zu erfahren ist; vielleicht geht's dann einen Schritt voran, dachte er.

Zu seiner Stimmung paßte es, daß auf der Höhe von Zetel ein paar Regentropfen herunterkamen, so daß er den Scheibenwischer anschalten mußte. Zwischen Wittmund und Esens klarte es aber auf, und als er im Hafen von Bensersiel ankam, wagten sich erste schüchterne Sonnenstrahlen zaghaft durch die sich auflockernde Bewölkung.

Seine Laune besserte sich merklich, als er seinen Wagen geparkt, die Fährkarte gelöst und auf dem Schiff, der *Langeoog III*, einen Platz an der Reling am Oberdeck gefunden hatte. Als er dann Langeoog mit dem aufragenden Wasserturm sowie zur Linken Baltrum und rechts Spiekeroog sah, freute er sich nun doch ein bißchen auf seinen Inselaufenthalt – ungeachtet seines dienstlichen Vorhabens. Er kannte Langeoog von einigen Urlaubsbesuchen her, dem letzten vor sieben Jahren. Er mochte diese Insel, ihren breiten Strand, den gepflegten, beschaulichen Ort, die Geschäfte, die Gastronomie.

Gestern abend hatte er sich bei Ellens Eltern angemeldet und ihnen zur Beruhigung erklärt, daß er nur ein paar Fragen an die Tochter habe, die sie selbst gar nicht direkt beträfen. Höflichkeitshalber hatte er auch in der kleinen Polizeistation sein Kommen angekündigt. Als er den bunten Inselzug am Bahnhof Langeoog verließ, mietete er sich gleich am Fährhusweg ein Fahrrad für den Tag. Er fuhr durch die Hauptstraße bis zum Rathaus, stieg dort als folgsamer Staatsbürger wegen des entsprechenden Verbotsschildes vom Rad ab und schob es an der von Eva Recker unlängst erschaffenen Lale-Andersen-Gedenkskulptur vorbei in die Kaapdüne zur Polizeidienststelle.

Polizeioberkommissar Friedhelm Schlechter und Polizeiobermeister Karl Wegener begrüßten den ranghöheren Oldenburger Kollegen und schienen durchaus erfreut über dessen Besuch. Die beiden Langeooger Ordnungshüter kannten Ellen Winkelborn, natürlich auch ihre Eltern. Über Ellen konnten sie sagen, daß sie ein nettes, ordentliches Mädchen mit einem guten Ruf sei. Sie solle einen Freund auf dem Festland haben. Mehr wußten sie darüber aber nicht. Der Name Baranowski war ihnen unbekannt.

Auf zum Schniederdamm. Reismüller fuhr durch den Rudolf-Eucken-Weg und die Mittelstraße vorbei an der Kirche, bog in den Otto-Leuß-Weg ein und erreichte über Um Süd den Schniederdamm.

Ellen Winkelborns Eltern konnten sich nicht erklären, warum sich die Oldenburger Kripo für ihre Tochter interessierte. Als sie hörten, daß es um Günter Baranowski ging und daß der den Tod auf Föhr gefunden hatte, reagierten sie mit zurückhaltender Betroffenheit. „Ist das traurig; man soll über Tote ja nichts Schlechtes sagen“, bemerkte Frau Winkelborn nach einer Weile zaghaft, „aber ehrlich gesagt, wir mochten den jungen Mann nicht besonders. Er hat unsere Ellen hier auf der Insel zwei- oder dreimal besucht. Die beiden paßten unserer Meinung nach überhaupt nicht zusammen.“

„Unsere Tochter hatte eigentlich noch nie so einen richtigen Freund", ergänzte der Vater, „der Günter Baranowski war der erste. Er hat, glauben wir, auf unsere Tochter großen Einfluß gehabt."

Der Hauptkommissar wurde hellhörig. „Wie meinen Sie das?"

„So rein gefühlsmäßig. Konkret können wir nichts sagen. Jedenfalls war es kein guter Einfluß."

Die drei unterhielten sich noch eine Weile.

„So", sagte Reismüller, „ich möchte jetzt gern mit Ihrer Tochter sprechen. Wo erreiche ich sie?"

„Sie jobt auf dem *Sonnenhof*. Da hat sie schon öfter ein bißchen gekellnert. Eigentlich wollte sie es nicht mehr. Aber die brauchten sie wohl für ein paar Stunden."

„Gut, dann will ich mich auf den Weg machen."

„Sie fahren am besten hier gleich in den Polderweg. Nach der Ecke an der Willrath-Dreesen-Straße sind Sie dann schon in Gerk-sin-Spoor, und da liegt rechts in den Dünen der *Sonnenhof*."

„Vielen Dank. Ich kenne mich auf Ihrer schönen Insel etwas aus."

Der Hauptkommissar wußte, daß Lale Andersen in dem repräsentativen, reetgedeckten Anwesen gelebt und auf dem daneben gelegenen Dünenfriedhof ihre letzte Ruhestätte gefunden hatte. Die Plätze im zum Teil überdachten Außenbereich des geräumigen Lokals waren schon um diese Zeit fast vollständig besetzt. Reismüller zog es aber nach drinnen an einen ruhigen Fensterplatz. Es war gemütlich hier. An den Wänden hingen Aufnahmen der legendären Sängerin, und, fast wie bestellt, erklang gedämpft das weltbekannte Lied *Lili Marleen* aus dem Lautsprecher.

Ellen Winkelborn kam an seinen Tisch. Sie sieht mit ihrer frisch gewaschenen und gebügelten weißen Schürze, dem freundlichen Lächeln und dem dezenten Makeup ja wirklich schnuckelig aus, dachte Reismüller. Teufel auch, auf die müssen die jungen Herren der Schöpfung geradezu fliegen. Er bestellte einen Ostfriesentee. Als sie das Getränk an seinen Tisch brachte, stellte er sich vor und zeigte seinen Ausweis. „Kriegen Sie keinen Schreck. Ich hätte nur ein paar kurze Fragen an Sie."

Sie bemühte sich, den Kripo-Mann cool anzusehen, konnte aber ihr Erschrecken nicht verbergen. Ihm schien es, als zuckten ihre Augen nervös.

„Können wir hier miteinander reden?"

Sie schwieg kurz und fing sich dann. Ihr war klar, daß sie dem Beamten nicht ausweichen konnte. „Das ist schlecht. Ich habe aber in einer Stunde frei. Dann ginge es."

„Gut. Ich erwarte Sie draußen."

Ellen Winkelborn verließ pünktlich den *Sonnenhof* und wurde von Reismüller erwartet. Die beiden gingen ein Stück Richtung Strand und bogen rechts in den Pirolatal-Wanderweg ein.

„Ich würde gerne etwas von Ihnen über Günter Baranowski hören."

„Ja?" Sie schien vom Tod ihres Freundes noch nichts zu wissen. Die Oldenburger Lokalblätter hatten nur von einem heimischen Schüler berichtet, der während seines Urlaubs ertrunken sei.

„Er ist verunglückt, tödlich verunglückt."

„Nein, Günter tot?"

„Es tut mir leid. Er ist ermordet worden.“ Reismüller sprach dies ganz bewußt so direkt und ohne Umschweife aus.

Ellen Winkelborn erbleichte. Sie zitterte, und ihre Hände krampften sich zusammen. „Ermordet?“

„Ja, auf Föhr ist das geschehen.“ Als das junge Mädchen nicht antwortete und auch keine Fragen stellte, berichtete Reismüller von dem, was passiert war. Sie sah ihn ungläubig und verstört an.

„Können Sie irgendwas dazu sagen? Hatte er Probleme? Feinde?“

„Nein, nein, nein. Ich habe keine Ahnung.“

„Wissen Sie, was Ihr Freund auf Föhr wollte?“

„Nein. Er wollte wegen seines Autos nach Heide zu seinem Onkel, der hat da eine Werkstatt.“

Reismüller stellte weitere Fragen nach dem Umfeld Baranowskis, nach Bekannten, Freunden, wo und wie Ellen ihn kennengelernt hatte und wie das Verhältnis der beiden zueinander war. Ellen Winkelborn antwortete stockend, unsicher und ausweichend. Der Hauptkommissar jedenfalls fand das, was von ihr zu erfahren war, wenig aussagekräftig und wenig kooperativ. „Noch etwas, Sie wissen bestimmt, daß Ihr Freund gern fotografiert hat. Darüber müßten Sie aber etwas sagen können.“

Sie wurde blaß und schüttelte abwehrend den Kopf. „Nein, keine Ahnung.“

„Sagen Sie, Ellen, kennen Sie Herrn Schöllenberger?“ Reismüller beobachtete sie bei dieser Frage genau und hatte das deutliche Gefühl, daß sie zusammenzuckte.

„Ja, flüchtig. Er ist der höchste Chef in meiner Lehrfirma, in der Bank.“

„Sie sind Cheerleader bei den *Olde-Baskets*.“

„Ja, da ist Herr Schöllenberger Vorsitzender. Wir haben aber kaum was mit ihm zu tun. Er hat uns Mädchen vor einiger Zeit mal zusammen mit den Spielern nach einem hohen Sieg zu einer internen Feier ins Hotel Heide am Melkbrink eingeladen."

Reismüller bemühte sich, im weiteren Gespräch mehr zu erfahren, hatte aber keinen Erfolg. „Es kann sein, daß wir in den nächsten Tagen noch mal auf Sie zukommen, falls sich noch Fragen ergeben. Wo können wir Sie erreichen?"

„Ich weiß noch nicht genau, wie lange ich hier auf der Insel bleibe und wann ich nach Oldenburg zurückkomme. Sie können mich aber jederzeit auf meinem Handy erreichen." Sie gab ihm ihre Nummer.

Der Hauptkommissar mußte sich eingestehen, nicht viel aus dem Mädchen herausbekommen zu haben. Konnte sie nicht mehr sagen? Wollte sie nicht mehr sagen? Als Kriminalbeamter war er auch ein bißchen Psychologe. Die weiß mehr, als sie sagt, war sein Fazit; da war er sich ziemlich sicher. Er spürte, daß da irgendwas im Hintergrund war.

Reismüller war klar, daß er heute auf Langeoog nichts mehr erreichen konnte. Bis zur Abfahrt der Inselbahn hatte er noch ein gutes Stündchen Zeit. Da er in Strandnähe war, bummelte er, sein Fahrrad schiebend, die Höhenpromenade entlang bis zum *Seekrug* und zur *Strandhalle*, ging dann die Düne hinunter am Meerwasser-Hallenbad, am Kurmittelhaus und dem Haus der Insel vorbei und bog in die belebte Barkhausenstraße ein, in der buntes Urlaubstreiben herrschte. Es war Zeit für eine Stärkung. Im *Café Leiß* setzte er sich draußen unter einen der großen Sonnenschirme, trank einen Cappuccino und genehmigte sich ein Stück Ostfriesentorte. Jetzt nehme ich eine letzte ‚Amtshandlung' vor, beschloß er für sich, schlenderte Richtung Wasserturm zur Buchhandlung Inge Krebs und kaufte als Mitbringsel für seine Frau den Bildband *Langeoog – eine Insel früher und heute.* Diese Aufmerksamkeit – so hoffte er – würde den häuslichen Frieden wieder herstellen. Für sich holte er noch die aktuelle Ausgabe der seitenstarken Insel-Informationsbroschüre *de Utkieker* sowie ein Exemplar der neuen, wöchentlich erscheinenden Inselzeitung *Langeoog-News* und trat die Heimreise an.

29

Oberkommissarin Herzheim wußte, daß Schöllenberger von Föhr nach Oldenburg zurückgekehrt war. Sie wollte das erneute Gespräch mit ihm möglichst schnell führen und rief ihn an. Der Bankdirektor reagierte sehr entgegenkommend, und sie verabredeten sich für den Nachmittag bei ihm in der Bank.

Ann-Kathrin Herzheim war beeindruckt von der Größe und der luxuriösen Ausstattung des Raumes, in den die ältere der beiden Vorzimmerdamen sie führte. Schöllenberger erhob sich spontan und begrüßte seinen Besuch zuvorkommend, fast überschwenglich. Er wies auf einen schweren Ledersessel, in dem sie fast versank. Die jüngere der beiden Sekretärinnen kam mit einem großen Tablett herein und servierte Tee, Kaffee und Gebäck.

„Schön, daß Sie so kurzfristig Zeit für mich haben, ich werde Sie aber nicht lange stören."

„Sie stören mich überhaupt nicht. Für Sie, äh, für die Polizei bin ich immer da. Geht's immer noch um diesen", er zögerte, „Bolosawski" ?

„Baranowski, Günter Baranowski. Nein, um den nicht. Ich komme wegen eines jungen Mädchens, Winkelborn heißt sie, Ellen Winkelborn."

„Ellen Winkelborn? Warten Sie", er macht eine Pause, „die ist doch Auszubildende bei uns."

„Ja, ich hätte gerne Näheres über sie gewußt."

„Die hat doch nichts ausgefressen?" lachte er.

„Nein, das nicht. Sie ist, sie war die Freundin des toten Baranowski."

„Oh, wenn ich nicht irre, ist sie gerade in der Kreditabteilung. Soll ein nettes Mädchen sein, wird hier sehr positiv beurteilt."

„Wissen Sie sonst etwas über sie, ich meine, über ihren Umgang, Bekannte, also etwas aus ihrem Privatleben?"

„Nein", er schüttelte den Kopf, „das Privatleben unserer Belegschaft ist sozusagen tabu. Wir, das heißt die Abteilungsleiter und der Personalchef, kümmern uns um private Dinge unserer Leute nur, wenn's bei denen Probleme gibt."

„Das kann ich verstehen. Ich würde jetzt gern ein paar Worte mit jemandem wechseln, der in Ihrem Hause mehr mit Ellen Winkelborn zu tun hat, vielleicht mit dem Leiter der Personalabteilung."

„Mehr als der weiß wahrscheinlich ihr jetziger Abteilungsleiter, Herr Dietrich Knochens. Sie ist, glaube ich, immerhin seit drei Monaten bei ihm."

„Gut, dann spreche ich mit dem. Eine Frage aber noch. Die Ellen ist Cheerleader in Ihrem Sportverein?"

„Ach ja, daran habe ich gar nicht gedacht. Stimmt. Hübsches Mädchen, macht ihre Sache da gut, gehört zu den Besten.“

„Näheres wissen Sie in diesem Zusammenhang auch nicht?“

„Nein, ich kenne sie da nur ganz flüchtig. Übrigens haben die *Baskets* ab jetzt Spielpause bis September. Die meisten Mädchen machen Urlaub, ich denke Ellen Winkelborn auch.“

„Ja, sie ist auf Langeoog. Einer meiner Kollegen ist heute da, um sie direkt zu befragen.“

„Ach so, ah ja.“ Er räusperte sich. „Soll ich jetzt den Herrn Knochens holen lassen?“

„Nein, vielen Dank. Ich will Ihre Zeit nicht über Gebühr in Anspruch nehmen. Ich rede allein mit ihm.“

Die Oberkommissarin saß wenig später Dietrich Knochens, einem noch jungen, dynamisch wirkenden Angestellten gegenüber. Toll, wie aufregend, von einer leibhaftigen Kriminalkommissarin interviewt zu werden, dachte er, und von was für einer! Ausführlich und eifrig berichtete er über Ellen Winkelborn, ihre Langeooger Herkunft, ihren Aufenthalt in Oldenburg, ihre Arbeit und ihre Leistungen in der Bank, ihre Schulzeugnisse, ihr Hobby als Cheerleader. „Im Moment hat sie Urlaub“, sagte Knochens, „sie ist manchmal bei ihren Eltern auf Langeoog. Wir haben ihr ausnahmsweise genehmigt, da mal ein paar Stündchen zu kellnern.“

„Sie wissen, daß sie einen Freund hat?“

„Ja, da gibt es wohl einen. Der hat sie ein paarmal nach Dienstschluß abgeholt. Macht keinen so ganz guten Eindruck. Soll ein Gymnasium besuchen.“

„Sonst wissen Sie nichts über ihn?“

„Nein. Ich weiß nicht, ob ich Ihnen das sagen soll. Also, es mag eine Woche her sein. Die beiden standen bei der Bushaltestelle beim Lappan und haben mich nicht gesehen. Die haben hitzig miteinander gesprochen. Er hat auf sie eingeredet, und ich hab einen Satz aufgeschnappt: ‚Da müssen wir durch' oder so ähnlich."

„Das hat er gesagt ‚Da müssen wir durch'?"

„Ja, oder ‚Das müssen wir jetzt durchziehen', jedenfalls etwas in der Richtung."

Ann-Kathrin Herzheim fuhr zurück ins Präsidium. Auf ihrem Schreibtisch lag zu ihrer Überraschung der so dringend erwartete Bericht vom Bundeskriminalamt über den Toten am Marschwegparkplatz. Es handelte sich allerdings um einen vorläufigen Bericht. Der hatte so lange gedauert, weil die Person erkennungsdienstlich nicht registriert und auch in der Datenbank nicht erfaßt war.

Aufgrund des Berichts aus Oldenburg und des Bildes vom Toten hatte ein in Berlin eingesetzter Undercoveragent vom BKA Boguljubow identifizieren können und folgendes eruiert: Der Mann stammte aus dem Ostblock. Er hieß Marek Boguljubow, 51 Jahre alt, war Junggeselle und bewohnte eine Dreizimmerwohnung in Berlin-Charlottenburg. Über sein Lebensumstände und seine beruflichen Tätigkeiten konnte bis jetzt nichts Konkretes in Erfahrung gebracht werden. Soviel aber stand fest: Er hatte auf großem Fuß gelebt. Über seine Einnahmequellen konnten vorerst nur Vermutungen angestellt werden. Er soll einem dubiosen Kreis von Leuten angehört haben, einem internationalen Ring, der sich mit illegalen Geschäften großen Stils befaßte, Geschäften, die zumindest hart am Rande der Legalität lagen.

Das Bundeskriminalamt hatte diese Gruppe seit geraumer Zeit im Auge und war in Zusammenarbeit mit Interpol und dem Landeskriminalamt Berlin und der dortigen Kripo den Mitgliedern und ihren obskuren Machenschaften auf den Fersen. Sie werden sich in Oldenburg melden, sobald nähere Erkenntnisse vorliegen.

„Das ist ja ein Ding“, murmelte Ann-Kathrin Herzheim. Jetzt wußten sie endlich, wer der Tote hier war. Das mußte sie schnurstracks Arnold Reismüller mitteilen. Sie ging ans Telefon, wählte seine Handynummer und erwischte ihn auf seiner Rückfahrt von Langeoog, als er gerade die Abfahrt Jaderberg hinter sich gelassen hatte. Er versprach ihr, direkt ins Präsidium zu kommen.

„Da sind wir Gott sei Dank einen großen Schritt weiter in unserem Oldenburger Mordfall“, freute sich der Hauptkommissar, nachdem seine Kollegin ihm von der Information aus dem Bundeskriminalamt berichtet hatte. „Nun wird es vorangehen.“

„Aber zunächst sind uns ja noch die Hände gebunden, bis wir Genaues über den Mann und speziell über seine Tätigkeiten und Aktivitäten wissen. Ich denke, daß wir sehr bald weitere Informationen in dieser Richtung aus Berlin beziehungsweise vom Bundeskriminalamt bekommen werden.“

„Und das wird uns hier sehr schnell zum Mörder führen.“

Ann-Kathrin Herzheim berichtete dem Hauptkommissar jetzt von ihrem Besuch bei Bankdirektor Schöllenberger. Er hörte aufmerksam zu.

„Und wie war’s auf Langeoog?“ fragte sie.

„Die Gespräche waren nicht uninteressant, aber auch nicht allzu ergiebig. Ich konnte die Ellen Winkelborn nicht aus der Reserve locken. Die Göre weiß auf jeden Fall mehr, als sie sagt."

„Paß auf. Ellens Abteilungsleiter ist zufällig Zeuge eines erregten Gesprächs zwischen ihr und ihrem Freund Baranowski geworden. ‚Da müssen wir jetzt durch' hat er gesagt."

„Wir wissen ja auch, daß das junge Mädchen in letzter Zeit so anders war. Also, ich sage dir, da ist etwas, das wir schnellstens herausfinden müssen."

„Das heißt, wir müssen der Ellen Winkelborn ganz massiv und energisch auf den Pelz rücken."

„Ja, und zwar gleich morgen."

30

Hauptkommissar Reismüller wollte nicht zu früh am Vormittag bei Ellen Winkelborn anrufen. Kurz nach zehn aber griff er zum Hörer und wählte ihre Handynummer. Niemand meldete sich. Vielleicht schläft sie noch, sagte er sich, schließlich hat sie Urlaub, und junge Leute finden manchmal erst spät aus den Federn. Er nutzte die Zeit und blätterte die Akten der beiden aktuellen Mordfälle durch. Die Oldenburger Sache, da war er ganz optimistisch, wird sich klären, weil der Tote nunmehr bekannt war. Im Fall Baranowski gab es noch viele Fragen; er setzte da auf neue, ehrliche Aussagen der jungen Winkelborn, denn ihn ließ das Gefühl einfach nicht los, daß man über die zu einer Lösung kommen werde.

Es war mittlerweile halb zwölf. Reismüller versuchte es noch einmal, wieder ohne Erfolg. Er wunderte sich. Er hatte noch Ellens Worte im Ohr, daß sie jederzeit auf ihrem Handy zu erreichen sei. Was tun? Noch länger warten? Er hatte auch den Anschluß vom *Sonnenhof* parat und rief dort an. „Nein“, wurde ihm gesagt, „die ist nicht hier. Sie war für heute vormittag zum Dienst eingeteilt, ist aber nicht erschienen. Sie ist sonst immer zuverlässig. Einfach wegbleiben ist ganz und gar nicht ihre Art. Komisch.“

Nun blieb nur noch eines: die Eltern.

„Unsere Tochter ist nicht hier“, sagte Paul Winkelborn am Telefon, „die ist heute morgen mit der Fähre abgebraust. Sie müßte in Oldenburg sein.“

Reismüller zögerte keinen Augenblick und fuhr zu Ellen Winkelborns Wohnung. Auf sein Klingeln geschah zunächst nichts. Als er es weiter versuchte, hörte er schlurfende Schritte, und die Vermieterin steckte den Kopf aus der Tür. „Die Ellen ist nicht hier“, sagte sie auf Reismüllers Frage, „sie ist bei ihren Eltern auf Langeoog.“

Die Sache gefiel dem Hauptkommissar nicht. Aber mußte er denn beunruhigt sein? Vielleicht hat das Mädchen sein Handy irgendwo liegen lassen oder ohne gezielte Absicht ausgeschaltet. Vielleicht wollte sie von Bekannten und Freunden nicht gestört werden. Alles möglich, sagte er sich. Und doch war er beunruhigt. „Einfach wegbleiben ist ganz und gar nicht ihre Art“, hatte man ihm beim Anruf im *Sonnenhof* gesagt. Wo könnte Ellen Winkelborn sein? Auf Langeoog war sie nicht, in ihrer Wohnung war sie nicht, ihr Handy blieb stumm. Merkwürdig das Ganze.

Am Nachmittag versuchte Reismüller noch einmal sein Glück, wieder ohne Erfolg. Er hatte es auch nicht anders erwartet. „Was machen wir?“ fragte er seine Kollegin Herzheim und seinen Kollegen Hildebrand, die beide inzwischen dazugestoßen waren, „irgendwas muß geschehen.“ Nach kurzer Überlegung waren sich die drei einig: Auch wenn es sich als Blamage erweisen sollte, sie würden sicherheitshalber die Polizeidienststellen und -ämter im Weser-Ems-Gebiet benachrichtigen, daß eine Ellen Winkelborn vermißt wurde. Tom Hildebrand übernahm die Rundinformation mit einer Beschreibung des gesuchten Mädchens.

31

„Aufgesessen, Leute, keine Müdigkeit vorschützen, und schon gar nicht am frühen Morgen. Ab zu unserer Wesermarsch-Rundfahrt.“ Zehn Mitglieder des Delmenhorster Fahrradclubs *Frisch auf* schwangen sich in aller Herrgottsfrühe auf ihre Stahlrösser und machten sich auf den Weg zur großen Tagestour, die sie bis rauf nach Butjadingen führen sollte. Es ging über Hude bis Berne, wo die vier Frauen und sechs Männer eine erste Verschnaufspause einlegten. Leider meinte es der Wettergott nicht gut mit ihnen. Der Himmel war wolkenverhangen, und die Gruppe mußte tapfer gegen den steifen, böigen Nordwind anstrampeln. Trotzdem herrschte gute Laune, zumal es ab Elsfleth zum Teil an der Weser entlangging und in Brake die erste größere Rast angesagt war. Die zehn Delmenhorster Fahrradfreunde stärkten sich in *Wilkens Hotel*, stellten ihre Räder an der Kaje ab und machten mit dem Motorschiff *Guntsiet* einen Abstecher zur Weserhalbinsel Harriersand.

Die Weiterfahrt Richtung Norden verlief danach bis Rodenkirchen glatt, zumal sich hier und da ein paar Sonnenstrahlen aus den Wolken hervorwagten. Hinter Strohausen fing es aber kräftig an zu regnen. Der guten Laune der Radler tat das aber kaum einen Abbruch. Zwischen Hartwarden und Kleinensiel, ein Stückchen vor dem neuen Wesertunnel, wurde es wieder trocken.

„Stop“, der vorausfahrende Boß der Gruppe hob den Arm, „ich muß mal pinkeln.“

Die zehn stellten ihre Räder ab. Der Boß ging einen alten, unbenutzten und von Unkraut überwucherten Schotterweg entlang, der Richtung Weserufer führte. Nach einer scharfen Windung stand er an einem kleinen Siel, einem Nebenarm der Weser. Man hörte die rauschenden Wellenbewegungen des auflaufenden Wassers und den singenden Ton des vom Wind hin- und herwogenden dichten Schilfgürtels. Ein paar Schritte weiter stieß er auf einen uralten, verfallenen Bootsanlegesteg, von dem nur noch ein paar morsche Pfähle und vermoderte Bretter erhalten waren. Buschwerk und hohe Bäume umgrenzten den einsamen Ort.

„Richtig romantisch hier“, sagte eine der Frauen, die ihm gefolgt war.

„Aber auch ein bißchen unheimlich.“

Der Boß bahnte sich einen Weg zwischen Schilf und Gesträuch hindurch. Schließlich war er zum Pinkeln hergekommen.

„Verfluchte Scheiße, kommt mal schnell hierher!“ rief er.

Einige der anderen wollten zu ihm hin.

„Nein, ihr Frauen bleibt weg. Hier liegt eine Tote.“

Zwischen niedergedrücktem Schilf entdeckten sie ein junges Mädchen. Es war bekleidet und lag halb im Sielwasser auf dem Rücken, das linke Knie leicht angewinkelt, die Arme von sich gestreckt, der Kopf vom Wasser umspült.

„Die Polizei muß her."

„Ich hab ein Handy dabei." Er wählte die Notrufnummer 110 und gab den grausigen Fund durch. Ein anderer, der etwas entfernt stand, tat es ihm in der Aufregung gleich, zog nervös sein Handy hervor und meldete den Fund sowie den genauen Ort. Der erste Anruf landete im Polizeikommissariat Nordenham. „Wir kommen sofort. Bitte unternehmen Sie nichts, und warten Sie auf jeden Fall auf uns!"

Der zweite Anrufer hatte die Polizeiinspektion Brake am Apparat. „Einer unserer Streifenwagen ist in Ihrer Nähe auf der Höhe der nördlichen Strohauser Plate. Der wird umgehend bei Ihnen sein. Bleiben Sie da, und warten Sie auf uns!"

Aus Nordenham und Brake trafen fast gleichzeitig je zwei Schutzpolizisten ein. Einer aus der Radfahrergruppe hatte sie an der Straße erwartet und ihnen den Weg zu der Leiche gewiesen. Zwei der Beamten führten die Delmenhorster vom Fundort weg Richtung Straße und befragten sie dort. Die beiden anderen Polizisten beugten sich zu dem toten Mädchen hinab und zogen es vorsichtig an Land.

„Guck", sagte der Jüngere der beiden, „da um den Hals dieser dünne, blutunterlaufene Streifen, die ist erwürgt worden."

„Nicht erwürgt, mein Lieber, sondern erdrosselt", belehrte der Ältere seinen Kollegen. „Erwürgen tut ein Täter mit den Händen. Erdrosselt wird man mit einer Schnur oder einem Draht. Wie dem auch sei, wir müssen auf jeden Fall unsere Kripo rufen, und zwar umgehend. Hier liegt eindeutig ein Mord vor."

Die vier Schutzpolizisten standen wieder zusammen. Sie riefen ihre zuständigen Kripo-Abteilungen in Nordenham und Brake an. Die Radlergruppe hatte an der Straße zu warten. Es dauerte gar nicht lange, da kamen Kriminalhauptkommissar Jörg Gablonski aus Brake und sein gleichrangiger Kollege Roland Hambischler aus Nordenham an. Sie betrachteten die Tote.

„Mensch", sagte Gablonski und sah Hambischler an, „da ist doch gestern eine Eilmeldung aus Oldenburg eingegangen. Die sind auf der Suche nach einem jungen Mädchen."

„Hast recht. Ich rufe gleich an, am besten bei unserem guten Reismüller."

„Das ist ja echt ein Ding", staunte der Oldenburger Hauptkommissar, als er den Anruf bekam. „Komme sofort." Er ließ einen Polizeiwagen vorfahren und brauste zusammen mit Tom Hildebrand los in die Wesermarsch über Großenmeer und Oldenbrok. Der eiligst herbeitelefonierte Polizeiarzt Dr. Udo Stahlmann, der gerade in Ovelgönne zu tun hatte, war inzwischen am alten Wesersiel eingetroffen. Der Mediziner stellte seinen Instrumentenkoffer ab und kniete neben der Mädchenleiche. Er betastete den Kopf, den Körper, drehte ihn leicht und hob Arme und Beine an. „Die junge Frau ist stranguliert und dadurch getötet worden. Das sieht man hier an der blutunterlaufenen, dünnen und tiefen Strieme um den Hals. Ein Sexualverbrechen liegt offenbar nicht vor. Die Leiche ist voll bekleidet. Der Tod dürfte gestern irgendwann im Laufe des Tages eingetreten sein."

Die Schupos hatten noch einmal die Delmenhorster Gruppe befragt, ihre Personalien notiert und sie weiterfahren lassen. Während sich Dr. Stahlmann noch bei der Leiche aufhielt, sahen sich die beiden Kripo-Männer und ihre Kollegen in der unmittelbaren Umgebung nach etwaigen Spuren um. Ist das Mädchen hier getötet worden, fragten sie sich, oder wurde sie an einem anderen Ort erdrosselt? Ist sie mit ihrem Mörder ahnungslos hierher gefahren, oder ist sie hierher gebracht worden? Es waren keine Reifeneindrücke auf dem festen Schotterweg zu finden und in dem ganzen Bereich auch keine Fußspuren. Da auch Schleifspuren nicht zu entdecken waren, muß das Mädchen mit dem Täter wohl bis zur Sielstelle gegangen oder als Tote dort hingetragen worden sein.

Zur Straße hin quietschten Reifen, ein Motor wurde ausgeschaltet, Autotüren knallten zu. Die Oldenburger waren angekommen. Einer der Polizisten hatte sie an der Straße winkend erwartet. Jörg Gablonski und Roland Hambischler kannten die Ankommenden persönlich. Sie begrüßten sie kurz und führten sie zu der Mädchenleiche. Dr. Stahlmann stand auf. „Traurige Sache“, sagte er, „ganz schlimm.“

Reismüller nickte und blickte auf die Tote. Er hatte es geahnt und befürchtet. „Das ist Ellen Winkelborn, 18 Jahre alt. Sie stammt aus Langeoog und ist Banklehrling in Oldenburg.“ Dabei sah er unendlich traurig aus. Er hatte in seiner Polizeilaufbahn schon viel Schreckliches erlebt, aber der Tod dieses hübschen, blutjungen Mädchens ging ihm doch verdammt an die Nieren.

„Sie ist erdrosselt worden“, sagte der Arzt in das Schweigen hinein zu den beiden Oldenburgern. „Böse Geschichte, wirklich.“

„Haben Sie was bei ihr gefunden?“ fragte Tom Hildebrand Hauptkommissar Hambischler, der ihm am nächsten stand.

„Nein, praktisch nichts.“

„Nichts in ihrer Kleidung, keine Handtasche?“

„Nein.“

Reismüller wandte sein Gesicht von der Toten ab und sah die anderen an.

„Sie ist gestern von Langeoog aufs Festland gefahren. Sie müßte einen Schlüssel bei sich gehabt haben, eine Fahrkarte, ihr Handy; und was ist mit dem, was Mädchen in dem Alter bei sich tragen: Lippenstift, Spiegel, Kamm, Taschentuch?“

„Das hatte sie bestimmt alles in ihrer Handtasche oder Umhängetasche“, antwortete Hambischler, „die hat der Täter mitgenommen. Übrigens auch das dünne Seil oder den Draht, mit dem das arme Ding zu Tode stranguliert worden ist.“

Tom Hildebrand verzog sichtlich berührt sein Gesicht bei den Worten. „Wie ist es mit der Spurensicherung und der Obduktion?“

„Die Spurensicherung ist schon angefordert. Die kommt aus Brake am Schrabberdeich und müßte schon unterwegs sein.“

„Und die Leiche“, fügte Gablonski hinzu, „kommt noch heute in die Rechtsmedizin nach Oldenburg.“

Nachdem die Schutzpolizisten angewiesen worden waren, auf die Leute von der Spurensicherung zu warten und ihnen zur Hand zu gehen, fuhren die vier Kripo-Beamten kurz ins Polizeikommissariat nach Nordenham in der Walther-Rathenau-Straße. Arnold Reismüller trank den servierten Kaffee hastig herunter, schilderte in groben Zügen die beiden Mordfälle in Oldenburg und auf

Föhr und bedankte sich beim Nordenhamer und Braker Kollegen für die spontane Hinzuziehung zum jetzigen Verbrechen.

„Wenn die Sache auch bei uns in der Wesermarsch passiert ist, denke ich doch, daß dies in erster Linie euer Oldenburger Fall ist“, stellte Roland Hambischler fest.

„Ja“, ergänzte Jörg Gablonski und schien nach Worten zu suchen, „es handelt sich ja sozusagen um eure Tote, wenn ich das mal so salopp ausdrücken darf. Dennoch, soweit unsere Zuständigkeit gegeben ist, beginnen wir hier natürlich auch mit den Ermittlungen.“

Sein Kollege Hambischler nickte bestätigend. „Selbstverständlich in Zusammenarbeit mit Oldenburg.“

„Das ist gut“, sagte Arnold Reismüller.

Die beiden Oldenburger verließen das Kommissariat. Reismüller überlegte, was jetzt für ihn zu tun war. Wer informiert Ellens Eltern? Sollte er es telefonisch machen? Auf keinen Fall. Diese Aufgabe den Langeooger Kollegen überlassen? Auch nicht. Sein Entschluß stand fest. Ich fahre selbst hin und recherchiere bei der Gelegenheit ein bißchen auf der Insel. Es ist noch einigermaßen früh. Ich kann heute abend in Oldenburg zurück sein. Er nahm sein Handy und erreichte Oberkommissar Schlechter auf Langeoog. Stichwortartig berichtete er vom Mord an der Weser und kündigte sein Kommen für den Nachmittag an. Schlechter bot an, sicherheitshalber für eine Unterkunft zu sorgen, falls es doch später werden würde. Die Langeooger Hotels und Pensionen seien jetzt in der Ferienzeit zwar ausgebucht, aber irgendeine Übernachtungsmöglichkeit werde er schon auftreiben.

Tom Hildebrand hatte zugehört. „Dann lasse ich mich jetzt von Oldenburg aus abholen oder noch besser von hier aus hinbringen. Das werden die hier bestimmt tun. In einer dreiviertel Stunde bin ich da und sehe mir mit Ann-Kathrin Ellen Winkelborns Wohnung an. Vielleicht finden wir da was."

„Darum wollte ich dich gerade bitten. Sehr gut, ich sollte dich zur baldigen Beförderung zum Oberkommissar vorschlagen."

Beide lächelten verhalten.

„Heute abend treffen wir uns im Präsidium. Wartet da auf mich. Es kann etwas später werden."

„Jawoll, Chef."

„Es wird doch wohl nicht wieder Zoff mit deiner Freundin geben?"

„Nee, nee, da ist alles in Butter, alles wieder bestens und okay."

32

Hauptkommissar Reismüller gab so richtig Gas. Er fuhr über Rodenkirchen bis Varel, nahm von da die Autobahn bis Wilhelmshaven und gelangte über Hooksiel und die Grüne Küstenstraße trotz des Urlaubsverkehrs zügig zum Flugplatz Harle bei Carolinensiel. Vom Auto aus hatte er schon eine Maschine zum Flug nach Langeoog geordert und die Kollegen Schlechter und Wegener über seine genaue Ankunftszeit in Kenntnis gesetzt.

Die beiden Polizeibeamten erwarteten ihn dann auch am Flugplatz. Oberkommissar Schlechter war in der Zwischenzeit bei den Eltern gewesen und hatte die Nachricht vom Tod der Tochter überbracht. „Ich kenne das Ehepaar Winkelborn persönlich seit langem sehr gut und hab mir gedacht, daß ich das gleich tun sollte“, sagte er entschuldigend, „das war sehr schlimm. Die armen Eltern.“

Reismüller war es sehr lieb, daß ihm diese unangenehme, traurige Aufgabe abgenommen worden war. Sie beschlossen, zu zweit zu den Winkelborns zu gehen. Karl Wegener würde inzwischen mit dem *Sonnenhof* sprechen.

Schlechter und Reismüller gingen die paar Schritte vom kleinen, aber schön gelegenen Langeooger Flugplatz zu Fuß zum Schniederdamm. Ellens Mutter hatte vom Arzt eine Beruhigungsspritze bekommen und ruhte im Schlafzimmer. Ellens Vater dagegen wirkte sehr gefaßt. Er bemühte sich, die Fragen der beiden Beamten, soweit es eben ging, zu beantworten.

Ellen Winkelborn hatte vor zwei Tagen abends ein längeres Telefongespräch geführt. Paul Winkelborn konnte allerdings nicht angeben, ob seine Tochter angerufen worden war oder ob sie jemanden angerufen hatte. Er meinte aber ein Klingeln gehört zu haben; vermutlich sei seine Tochter also wohl angerufen worden. Vom Gespräch hatte er so gut wie nichts mitbekommen. Das Telefonat sei im Nebenzimmer geführt worden, und Ellen habe leise, zum Teil fast im Flüsterton gesprochen. Der Vater meinte aber, zum Schluß den Satz ‚Gut, ich werde dann da sein und auf dich warten‘ gehört zu haben. Ellen war dann am Morgen sehr früh aufgestanden und hatte das Haus kurz nach acht Uhr verlassen. Sie hatte keinen Grund angegeben und nur gesagt, daß sie kurzfristig aufs Festland müsse. Ungewöhnlich war das schon, denn normalerweise nahm sie eine spätere Fähre. Es schien jedenfalls um eine wichtige Verabredung gegangen zu sein. Wo und mit wem blieb unbekannt.

„Vielleicht ging es um ihre Freundin“, meinte der Vater.

Reismüller horchte auf und erfuhr auf seine Fragen hin Näheres über diese Freundin. Sie hieß Rosemarie Lohnekamm und wohnte in Oldenburg in der Haarenstraße, Ecke Julius-Mosen-Platz. Sie hatte Ellen häufiger auf Langeoog besucht und auch ein paarmal bei ihr geschlafen.

„Wie fuhr Ihre Tochter gewöhnlich von Bensersiel aus weiter nach Oldenburg? Hatte sie ein Auto?“

„Nein, sie war immer auf den Bus und die Bahn angewiesen.“

Auf Vorschlag von Oberkommissar Schlechter sahen sich die drei Männer Ellen Winkelborns Zimmer an.

„Da ist wenig von ihr drin“, erklärte der Vater, „der Raum ist jetzt in der Hochsaison für Gäste gedacht, ab nächster Woche übrigens vermietet.“

Reismüller und Schlechter sahen auch nichts Besonderes bis auf eine einfache Fotografie, die mit ein paar Stecknadeln an die Wand geheftet war. Sie zeigte Ellen mit ihrer Freundin Rosemarie Lohnekamm. Reismüller durfte die Aufnahme mitnehmen.

„Sagen Sie“, fragte Paul Winkelborn zum Schluß zögernd und leise, „ist da ein Zusammenhang zwischen dem Tod unserer Tochter und dem Mord an Günter Baranowski?“

Reismüller sah durchaus einen Zusammenhang, erklärte aber nur, die Polizei wisse noch nichts Genaues, bemühe sich aber intensiv um eine Aufklärung.

„Eine letzte Frage“, sagte Winkelborn, und man merkte, wie seine Stimme zitterte und wie er gegen Tränen ankämpfte, „wo ist denn unser Kind jetzt? Was geschieht mit Ellen?“

„Sie ist in der Rechtsmedizin. Dort wird sie untersucht.“ Das Wort Obduktion wollte Reismüller nicht über die Lippen kommen.

Die beiden Beamten gingen zu Fuß zur Polizeistation an der Kaapdüne, wo Obermeister Wegener schon auf sie wartete. Reismüller lud seine beiden Langeooger Kollegen zu einem kleinen Umtrunk ins *Klöneck* ein. Alle drei tranken eine Apfelschorle. Schlechter berichtete kurz vom Besuch bei Paul Winkelborn. Danach erzählte Wegener, der mit angespannter Miene zugehört hatte, von seinen Gesprächen im *Sonnenhof*. Dort hatte man ungläubig und erschüttert auf den Tod des jungen Mädchens reagiert. Ellen war ja nur sporadisch jeweils ein paar Stunden tätig gewesen. Trotzdem war sie bei allen sehr beliebt. Von männlichen Gästen war sie wegen ihres hübschen Aussehens so manches Mal angemacht worden. Auf mehr als eine kleine Schäkerei hatte sie sich aber nie eingelassen. Aufgefallen war eine Bemerkung, die sie an ihrem letzten Tag gemacht hatte. ‚Bald habe ich es nicht mehr nötig zu jobben‘, soll sie einer Kollegin zugeflüstert haben.

Schlechter und Wegener brachten Reismüller zum Flugplatz. Sie vereinbarten, daß sich die beiden Langeooger Beamten weiter auf der Insel wegen Ellen Winkelborn umtun und Oldenburg auf dem laufenden halten.

33

Tom Hildebrand war von Gablonski, der bei der Gelegenheit einiges in Oldenburg erledigen wollte, ins Präsidium gefahren worden. Vom Auto aus hatte er Ann-

Kathrin Herzheim angerufen. Sie erwartete ihn inzwischen.

Als er im Präsidium ankam, setzten sich beide sofort ins Auto und fuhren los. Auf dem Weg zur Wohnung von Ellen Winkelborn am Mühlenhofsweg informierte er seine Kollegin über das Geschehen am Wesersiel. An der Ecke zur Rennplatzstraße fanden sie einen Parkplatz. Ein Schwarm Kinder mit Schwimmzeug in den Händen strebte lärmend zum Freibad Flötenteich. Einige der Kids schauten neugierig auf das Polizeiauto.

Ann-Kathrin Herzheim und Tom Hildebrand klingelten gleich beim Namensschild der Hausbesitzerin. Es dauerte einige Zeit, bis die Tür geöffnet wurde. Etwas mürrisch sah die Frau die beiden Besucher an. Die wiesen sich aus und erklärten, daß es um Ellen Winkelborn ginge.

„Da war vor drei Tagen schon ein Herr von der Polizei hier. Ich habe dem doch gesagt, daß meine Mieterin Schulferien und Urlaub in ihrer Bank hat. Sie ist auf Langeoog bei ihren Eltern."

Hildebrand unterbrach die Frau, die sich offenbar durch die beiden unangemeldeten Besucher gestört fühlte, und berichtete ihr, daß das junge Mädchen tot sei.

„Sie ist tot?" Die Frau sah ungläubig und fassungslos auf. Ihr Blick ging ins Leere, so als ob sie die Nachricht gar nicht richtig verstanden hätte. „Tot, sagen Sie, tot?"

„Leider. Ausflügler haben sie zwischen Brake und Nordenham tot an der Weser gefunden. Sie ist umgebracht worden."

„Mein Gott, das kann doch nicht sein."

„Wir möchten uns jetzt Ellens Zimmer ansehen", sagte Ann-Kathrin Herzheim mitfühlend.

Die Vermieterin holte den Schlüssel und öffnete die Tür zu der kleinen Zweizimmerwohnung.

„Das ist ja eine saftige Bescherung“, rief Tom aus. Die alte Dame schlug die Hände entsetzt vors Gesicht. Die beiden Räume boten ein heilloses Durcheinander. Sie sahen aus, als wäre ein wütender Wirbelsturm durchgezogen. Schubfächer waren aufgerissen, ihre Inhalte lagen auf dem Boden verstreut. Die Schranktüren standen offen, Kleidungsstücke lagen wüst daneben. Auch im Schlafzimmer war alles durchwühlt worden. Die Matratze war hochgeklappt, der Nachttisch umgekippt, das Kopfkissen hing über dem Bettpfosten.

Die beiden Kriminalbeamten erfuhren von der Vermieterin, daß am Vortag noch alles in Ordnung gewesen sei. Sie vermochte das mit Bestimmtheit zu sagen, weil sie gegen Mittag die Blumen gegossen hatte. Heute konnte der Einbruch nicht passiert sein, denn sie war die ganze Zeit zu Hause gewesen und hätte trotz ihrer Schwerhörigkeit bestimmt etwas mitbekommen. Es mußte also jemand gestern am Nachmittag oder Abend in die Wohnung eingedrungen sein, denn da hatte sie ihre zwei kleinen Enkelkinder bei ihrem Sohn und ihrer Schwiegertochter besucht. Tom Hildebrand stellte fest, daß die Haustür und das Wohnungsschloß unbeschädigt waren. Die Person, die hier alles auf den Kopf gestellt hatte, mußte also im Besitz der Schlüssel gewesen sein. Die Polizei hatte bei dem toten Mädchen keine Schlüssel gefunden. Klar, die hatte der Mörder an sich genommen. Vielleicht kannte er Ellens Wohnung. Tom Hildebrand und Ann-Kathrin Herzheim durchsuchten die beiden Zimmer in dem Tohuwabohu, stießen aber auf nichts Besonderes.

„Meine Mieterin hat ein Tagebuch geführt und das in ihrem Nachttisch aufbewahrt; ich sehe es hier nirgendwo liegen. Das ist verschwunden.“

„Mehr über das Tagebuch wissen Sie nicht?“ fragte Hildebrand aufhorchend.

„Nein, nur, daß die Ellen es wie ihren Augapfel hütete.“

Ann-Kathrin Herzheim wollte etwas über den Umgang des jungen Mädchens wissen, über Bekannte, Freunde, Besucher.

„Ich habe davon nicht viel mitbekommen, weil dies ja ein ziemlich abgeschlossener Wohnbereich ist. Von ihrem Freund, dem Günter Baranowski, habe ich Ihrem Kollegen schon erzählt. Aber sie hatte auch eine Freundin. Die war viel hier und hat Ellen auch öfter auf Langeoog besucht. Sie heißt Rosemarie, den Nachnamen kann ich Ihnen nicht sagen.“

„Aber die beiden Mädchen waren eng befreundet?“ hakte Hildebrand nach.

„Ja, sehr.“ Die alte Dame wurde verlegen und suchte nach Worten. „Ich weiß nicht, wie ich es sagen soll. Ich hab mal zufällig beobachtet, wie die beiden sich umarmt haben. Rosemarie wollte Ellen auf den Mund küssen. Ihr schien das nicht recht gewesen zu sein. Jedenfalls hat sie ihren Kopf weggedreht.“

Ann-Kathrin Herzheim sah ihren jungen Kollegen fragend an. Der lächelte süffisant.

„Ach ja, da war auch hin und wieder eine Dame hier. Meine Mieterin hat sie mir mal vorgestellt, die war, glaube ich, ihre Sportlehrerin in der Berufsschule.“

„Hieß die vielleicht Dreischulte, Angela Dreischulte?“

„Oh ja, so hieß sie.“

Ann-Kathrin und Tom sahen sich wieder an, diesmal ziemlich überrascht. Die beiden stellten dann noch eine Menge Fragen, erfuhren aber nichts Wichtiges mehr. Schonend wiesen sie zum Schluß noch darauf hin, daß Beamte von der Spurensicherung vorbeikommen würden.

„Mein Gott", murmelte die alte Dame beim Verabschieden, „dieses junge Mädchen tot. Ich hatte sie doch so in mein Herz geschlossen." Es schien, als weine sie. „Finden Sie den, der ihr das angetan hat."

Die Oberkommissarin und der Kommissar fuhren zu ihrem Dienstsitz zurück. Dort vergingen fast zwei Stunden, bis ihr Vorgesetzter sich meldete. Er war mit dem Flugzeug in Harle angekommen und verabredete sich mit den beiden für den Abend im Präsidium. Tom Hildebrand war am Apparat und berichtete seinem Chef vorab von der auf den Kopf gestellten Wohnung, von der Oberstudienrätin Dreischulte und vor allem von Ellen Winkelborns Freundin mit dem Vornamen Rosemarie.

„Mehr wißt ihr von der nicht?"

„Nein."

„Dafür, daß ich zwei Besoldungsstufen über dir stehe, kannst du was von mir verlangen. Hör zu, die junge Dame heißt mit Nachnamen Lohnekamm und wohnt in der Innenstadt in der Haarenstraße." Er nannte auch die Hausnummer.

„Das ist toll. Die besuchen wir jetzt noch, bevor du kommst."

„Laß mich allein zu ihr", schlug Ann-Kathrin vor, nachdem Tom aufgelegt hatte, „das ist dann nicht so hochoffiziell."

„Ist gut."

Sie machte sich auf den Weg zur Haarenstraße, hatte aber Pech. Rosemarie Lohnekamm war nicht anzutreffen. Dann werde ich es gleich morgen noch mal versuchen. Auf dem Rückweg ins Präsidium überlegte sie, noch die Lehrerin, Frau Dreischulte, aufzusuchen. Aber auch hier war niemand anzutreffen. Ob die Lehrerin noch in Oldenburg oder schon in Urlaub gefahren war? Einer konnte da weiterhelfen: Dr. Gollenwald. Von ihrem Dienstzimmer aus rief sie den Schulleiter an.

„Hallo, schöne Oberkommissarin, welche Freude, dieser Anruf am Abend."

Sie lachte. Eigentlich war es eine etwas flapsige Begrüßung. Dennoch fand sie sie durchaus nett. Sie wollte nur nach der Oberstudienrätin Dreischulte fragen, hielt es aber auch für angebracht, ihm kurz den Mord an Ellen Winkelborn zu schildern, schließlich war sie eine Schülerin von ihm gewesen. Gollenwald war tief bestürzt. Aus kriminalistischem Interesse hätte er gerne nach näheren Umständen der Tat, und warum die Kripo seine Lehrerin sprechen wollte, gefragt, unterließ es aber. Später würde er sicherlich Einzelheiten erfahren, schon morgen einiges durch die Presse.

Angela Dreischulte war in Urlaub gefahren, und zwar ohne festes Ziel. Gollenwald versprach aber, sich sofort zu melden, wenn seine Lehrerin wieder im Lande sei.

„Das wär's dann", sagte Ann-Kathrin.

„Schade, wie gerne würde ich ein bißchen länger mit Ihnen plaudern, viel länger am liebsten."

„Ich bin im Dienst und muß Mörder jagen", ging sie auf seine Worte ein, die ihr wieder mal gefielen.

„Verstehe. Ich habe dunkel in Erinnerung, daß da noch eine Einladung Ihrerseits im Raum steht."

Sie lachte. „Das haben Sie sich gemerkt?"

„Ich denke ständig daran."

„Also gut. Ich habe das Gefühl, daß wir mit unseren Ermittlungen in die entscheidende Phase eingetreten sind und der Countdown langsam eingeläutet wird. Wenn alles vorbei ist, lade ich Sie zu einem Glas Wein ein. Dann können wir darüber reden, was in den Sommerferien passiert ist. Denken Sie an Stoff für Ihren Kriminalroman!"

„Ich drücke Ihnen – und mir – die Daumen, daß Sie Ihre Mörder ganz schnell finden."

Hauptkommissar Reismüller war gegen 21.00 Uhr im Präsidium eingetroffen. Er saß mit Ann-Kathrin Herzheim und Tom Hildebrand zusammen und berichtete von seinen Erkundungen auf Langeoog. „So ganz viel ist es ja nicht", beendete er seine Worte, „aber ein paar interessante Anhaltspunkte sind immerhin dabei."

Sie redeten dann über das Telefongespräch, das Ellen Winkelborn am Abend vor ihrem Tod geführt hatte. Wenn sie doch nur herausbekommen könnten, mit wem! Aber sie wußten aus einem früheren Fall, daß es der Telekom technisch nicht möglich war, die Nummer des Gesprächspartners zu orten.

Hildebrand und Ann-Kathrin teilten ihrem Vorgesetzten mit, was sich für sie an diesem Tag ergeben hatte.

„Nicht schlecht", lobte Reismüller die beiden. „Die Frau Dreischulte werden wir uns nach ihrer Rückkehr vorknöpfen. Besonders wichtig dürfte aber die Befragung der Rosemarie Lohnekamm für uns sein. Kati, das machst du gleich morgen früh."

Es klopfte, und Dr. Ziesenhoff trat ins Zimmer. „Darf man so spät noch stören? Aber ich weiß ja, daß die hohe

Kripo mit der 40-Stunden-Woche nicht allzuviel am Hut hat."

„Das geht mir runter wie Honig", bekannte Hildebrand sichtlich erfreut über die Worte, „gut, daß das mal einer so deutlich ausspricht. Schließlich müssen wir drei Morde aufklären."

Der Mediziner war vorbeigekommen, um schon mal vorab mündlich die Ergebnisse der Autopsie vorzutragen. Folgendes hatte sich ergeben. Ellen Winkelborn war zwischen elf und dreizehn Uhr getötet worden, und zwar mit einer dünnen, aber starken Kordel. Tiefe, blutunterlaufene Stellen und Hautaufrisse um den Hals – in der medizinischen Fachsprache punktförmige Einblutungen genannt – zeigten das.

„Wie tritt der Tod da ein?" fragte Hildebrand neugierig und etwas vorlaut.

„Der Tod tritt ein", dozierte der Arzt, „wenn die Blutzufuhr zum Gehirn unterbrochen wird. Wir nennen das komprimierende Gewalteinwirkung gegen den Hals. Das Opfer ist nach einer Minute tot. Irgendwelche anderen Verletzungen oder Hämatome waren an der Mädchenleiche nicht zu finden, auch keine fremden Hautpartikel unter den Fingernägeln. Normalerweise wehrt sich ein Opfer bei so einem Verbrechen. Das war hier nicht der Fall. Der Angriff muß für das ahnungslose Mädchen völlig überraschend gekommen sein. Das heißt, daß der Täter mit Überlegung, ja eiskalt und raffiniert vorgegangen ist. Er hat keinerlei Spuren zurückgelassen."

„Eine Frage habe ich doch noch, Doc, wir sprechen immer vom Täter, kann es nicht auch eine Täterin gewesen sein?"

„Kaum. So ein Erdrosseln setzt eine ziemliche Kraft voraus."

„Sie können aber nicht ausschließen, daß es eine Frau war?“

„Ausschließen können wir Rechtsmediziner nichts. Ich kann zum Beispiel nicht mit absoluter Sicherheit ausschließen, daß in Ihrer Wohnung eine Leiche liegt, daß Ihr Vorgesetzter früher einen Mord begangen hat und daß Frau Herzheim“, dabei sah er die Oberkommissarin nekkisch an, „in dieser Zeit den Mann fürs Leben findet.“

„Kapiert“, sagte Hildebrand und fügte etwas wichtigtuerisch und gestelzt hinzu, „die kleine Winkelborn ist also nach Lage der Dinge dem Mord durch eine männliche Person zum Opfer gefallen.“

Der Arzt lächelte. „Nach Lage der Dinge ja. Übrigens, ich habe zum Abschluß noch einen interessanten Befund im Köcher, der Sie überraschen wird.“ Er sah die drei an und machte eine kleine, gekünstelte Pause.

„Spucken Sie's aus, Doc!“

„Ja also, die Ellen Winkelborn war schwanger. Im zweiten Monat.“ Es schien, als weidete er sich an seinen Worten.

34

Der nächste Tag sollte es in sich haben. Reismüller, Ann-Kathrin Herzheim und Hildebrand waren überpünktlich im Dienst erschienen. Sie wußten nicht warum, aber sie hatten das unbestimmte Gefühl, daß die ganze Sache voranging. Die drei Verbrechen, die sie zu untersuchen und zu klären hatten, hingen irgendwie zusammen. Zum Teil spürten sie es, zum Teil konnten sie es aus den bisherigen Ermittlungen schlußfolgern. Über den Kanaltoten würden sie bestimmt bald Näheres vom Bundeskriminalamt hören, und das würde den Weg zum Täter ebnen. Auf die Spur von Baranowskis Mörder müßten sie im Zusammenhang mit dem Tod der Ellen Winkelborn stoßen. Und der Mann, der das junge Mädchen so brutal erdrosselt hatte, dürfte auch bald in ihre Fänge geraten. Aber eine Frage blieb im Raum: Waren es drei verschiedene Täter? Waren es möglicherweise nur zwei, oder hatten sie es mit einer einzigen Person zu tun? Wie auch immer, die Lösung, so schien es ihnen, rückte näher und lag nicht mehr in ungewisser Ferne.

Das Telefon ging. Es war Kriminalhauptkommissar Gablonski aus Brake. Die Leute der Spurensicherung aus Brake, unterstützt von einem Kollegen aus Nordenham, hatten nichts gefunden. Trotz gründlicher Durchsuchung des ganzen Geländes am Wesersiel und trotz des Einsatzes zweier Spürhunde hatten keinerlei Spuren festgestellt werden können. Der Täter mußte äußerst achtsam, fast professionell vorgegangen sein.

Kaum hatte sich Reismüller für den Einsatz der Polizei aus der Wesermarsch bedankt und den Hörer aufgelegt, da läutete das Telefon erneut. Oberkommissar Schlechter meldete sich aus Langeoog. Er und Wegener hatten sich gleich nach dem Abflug Reismüllers in die Sache ‚reingehängt', wie Schlechter es in seinem Eifer ausdrückte. Wegener hatte sich sogar aufs Festland rüberbringen lassen und dort den Weg der Ellen Winkelborn nachverfolgt.

Folgendes war geschehen: Das Mädchen fuhr mit der Inselbahn um 8.20 Uhr ab zum Hafen Langeoog. Von dort ging es mit der Fähre weiter aufs Festland. Um 9.20 Uhr kam sie in Bensersiel an. Sie nahm den bereitstehenden Bus nach Esens, Ankunft dort um 9.55 Uhr, und stieg in den Zug nach Sande um. Den verließ sie dort um 10.39 Uhr, wechselte aber nicht in den Zug nach Oldenburg, der um 10.51 Uhr abfuhr. Sie verließ den Bahnhof, ging zielstrebig ein Stückchen zu Fuß weiter und wurde in einer wenig belebten Nebenstraße von einem Auto erwartet. Eine Zeugin hatte beobachtet, daß sie einstieg. Offenbar war sie verabredet und wurde abgeholt. Den Fahrer hatte die Zeugin nicht gesehen, auch konnte sie das Auto nicht erkennen, weil es hinter einem Lieferwagen stand. Sie meinte aber, es sei ein größerer Wagen gewesen.

„Sehr interessant", sagte Reismüller, „besten Dank für die hervorragende Arbeit. Das habt ihr ganz exzellent gemacht."

„Wie mag es weitergegangen sein?" überlegte Ann-Kathrin Herzheim laut, „laßt uns das doch mal durchspielen. Das Auto fährt bis Varel. Von dort nimmt der Fahrer die B 437 über Diekmannshausen und Schwei bis Rodenkirchen. Da biegt er links ab auf die Straße Richtung Kleinensiel. Ein Stück vor dem Wesertunnel führt die Straße dicht an der Weser entlang. Er sieht den alten Schotterweg, der zum Siel führt – vielleicht kennt er das Gelände auch –, hält an, steigt mit der Beifahrerin aus und geht mit ihr zu der einsamen Stelle. Dort bringt er sie um. Er durchsucht ihre Kleidung und zerrt die Leiche ins dichte Schilf. Dabei geht er davon aus, daß sie da so schnell nicht gefunden wird. Er geht besonnen und so clever vor, daß keine Spuren zurückbleiben. Alles, was Ellen Winkelborn bei sich trug, Schlüssel, Umhängetasche, Handy, nimmt er an sich, besonders natürlich die blutige Kordel."

Die drei fragten sich kurz, ob der Mord nicht doch schon vorher, also zwischen Sande und Rodenkirchen, verübt worden sein konnte. Den Gedanken verwarfen sie aber schnell. Fundort der Leiche und Tatort sind identisch. Das schien ihnen so gut wie sicher. Aber wie ging es weiter? Sie waren sich einig: Der Täter entledigt sich irgendwo der an sich genommenen Untensilien und fährt über Brake und Loyermoor nach Oldenburg. Dort dringt er nachmittags oder, was wahrscheinlicher ist, am Abend mit dem Schlüssel, den er natürlich bei sich behalten hat, unerkannt in Ellens Wohnung am Mühlenhofsweg ein, durchwühlt sie eiligst, vielleicht auch in Hektik, und nimmt alles mit, was auf ihn hindeuten könnte, in allererster Linie natürlich das ominöse Tagebuch.

Wer aber ist der Täter? Eine Täterin scheidet laut Dr. Ziesenhoff weitgehend aus. So kann es die junge Rosemarie Lohnekamm nicht gewesen sein, obwohl sie ein Motiv gehabt haben könnte, nämlich Eifersucht. Dann ist da aber die Angela Dreischulte, die ihre gelegentlichen Besuche bei ihrer Schülerin Winkelborn verschwiegen hat. Sie ist als Sportlehrerin kräftig und körperlich gewandt. Außerdem ist sie ganz plötzlich und aus heiterem Himmel in Urlaub gefahren. Macht sie das nicht verdächtig? Aber ein Motiv ist bei ihr nicht zu sehen. Also spricht doch alles dafür, daß Ellen Winkelborn von einem Mann umgebracht worden ist. Die junge Frau war schwanger. Da fragt es sich, wer der Vater des Ungeborenen ist. Günter Baranowksi? Das liegt nahe. Und wenn er es wider Erwarten nicht sein sollte, wer dann? Jemand aus Langeoog oder Oldenburg? Und für den Fall, daß es so sein sollte, drängt sich dann nicht ein nächster Gedanke auf, daß nämlich der unbekannte Erzeuger die angehende Mutter getötet hat? Fürchtete er die Vaterschaft, und mußte er diese um jeden Preis verhindern?

„Irgendwie läßt mich der Gedanke nicht los, daß wir mit dem Vater des Kindes den Mörder haben“, bekannte Ann-Kathrin Herzheim.

„Vorausgesetzt natürlich, daß der tote Baranowski nicht der Vater ist“, entgegnete Reismüller.

Sie nickte. „Das ist klar.“

„Paßt auf“, sagte Tom Hildebrand, „wir fordern Gen-Material von ihm beim schleswig-holsteinischen Landeskriminalamt in Kiel an. Dann wird ein DNA-Vergleich schnell Antwort geben.“

„Das habe ich mir schon vorgenommen“, erklärte Reismüller. „Ich werde das umgehend veranlassen.“

Ann-Kathrin Herzheim nickte. „Gut, dann werden wir einen Schritt weiter sein. So, hört zu. Ich versuche jetzt nochmals, die Rosemarie Lohnekamm zu interviewen. Die kann mir vielleicht einiges sagen.“

Rosemarie war nicht zu Hause. Was soll ich jetzt machen, fragte sich die Polizistin, warten oder es nachher nochmals versuchen? Sie brauchte nicht lange zu überlegen; denn Rosemarie Lohnekamm kam ihr aus der Kurwickstraße entgegen. Ann-Kathrin erkannte sie gleich aufgrund des Bildes. Sie ging auf sie zu und stellte sich vor. Das junge Mädchen erschrak und wurde blaß. Was wollte die Kripo von ihr? Ann-Kathrin Herzheim bemerkte die Unsicherheit und schlug vor, nicht in die Wohnung zu gehen, sondern sich in ein Lokal zu setzen. Sie überquerten den Theaterwall und fanden im *Café Klinge* einen Platz auf der Veranda mit Blick auf die träge dahinfließende Haaren und den lebhaften Verkehr auf der Ofener Straße. Beide bestellten sich einen Espresso. Ann-Kathrin sah das junge Mädchen an, das sich sichtlich unwohl in seiner Haut fühlte.

Rosemarie Lohnekamm war nicht eben hübsch, sah mit ihrer pummeligen Figur, dem kurzgeschnittenen rotblonden Haar und dem Gesicht voll Sommersprossen gleichwohl irgendwie apart aus. Vom Tod ihrer Freundin Ellen wußte sie noch nichts. Als sie jetzt davon erfuhr, sah sie ihr Gegenüber stumm an und begann haltlos zu weinen.

„Fühlen Sie sich in der Lage zu reden, Rosemarie?" fragte die Oberkommissarin behutsam.

„Nein, ja, ich will's versuchen."

„Sie kannten Ellen gut?"

„Mehr als gut. Wir sind, ach, wir waren enge Freundinnen, sehr enge Freundinnen." Und dann schien es ihr ein Bedürfnis zu sein zu erzählen.

Die beiden Mädchen hatten sich vor gut zwei Jahren auf Langeoog kennengelernt. Rosemarie war mit einer Clique für ein paar Tage auf die Insel gefahren und in der Jugendherberge untergebracht gewesen. Nach einem Volleyballturnier am Strand hatten sich die jungen Leute abends zu einer Fete in der *Düne 13* verabredet und dort ausgelassen gefeiert. Ellen Winkelborn war auch dabei gewesen. Die beiden Mädchen hatten sich auf Anhieb gemocht und Freundschaft geschlossen. Diese Freundschaft hatte sich in Oldenburg weiterentwickelt und vertieft. Die beiden waren seitdem viel zusammen gewesen, zumal sie gemeinsam Mitglied in der Cheerleadergruppe bei den *Baskets* waren.

„Sagen Sie, Rosemarie, Sie und Ellen waren enge Freundinnen, sehr enge Freundinnen?"

„Ja, wie meinen Sie das?"

„Na ja, war da mehr als eine normale Teenagerfreundschaft?"

„Ich weiß immer noch nicht, worauf Sie hinauswollen."

„Dann will ich direkt werden. Haben Sie Ellen geliebt?"

„Sie meinen, ob ich lesbisch bin?"

„Ja, ist diese Frage ganz abwegig?"

Sie errötete und sah zu Boden. „Nein, die Frage ist schon okay. Sie haben recht. Es ist so."

„Aber die Zuneigung lag mehr auf Ihrer Seite."

„Ja, leider. Eine Zeitlang schien es auch bei Ellen, wie soll ich mich ausdrücken, so zu sein. Aber dann wurde es doch anders."

„Sie hat ja einen Freund gehabt."

„Ja, seit einigen Monaten. Das hat mich ganz schön umgehauen." Sie weinte wieder.

„Sollen wir unser Gespräch beenden und heute abend oder morgen fortsetzen?"

„Nein, lassen Sie, es geht schon."

„Sie wissen, daß Ellens Freund Günter Baranowski tot ist."

„Ja, natürlich."

„Kannten Sie den näher?"

„Nein. Ich konnte den auf den Tod nicht leiden. Seitdem der da war, war es zwischen Ellen und mir nicht mehr so wie vorher."

„Eine Frage, Rosemarie, können Sie sich vorstellen, wer Ellen ermordet hat?"

„Nein."

Die beiden unterhielten sich eine Weile weiter, und die Oberkommissarin stellte noch ein paar Fragen, die erste nach Angela Dreischulte. Rosemarie kannte die Frau gut, denn sie war Trainerin und Betreuerin bei der Cheerleadergruppe. Sie wußte auch, daß zwischen der

Lehrerin und Ellen Winkelborn ein persönlicher Kontakt bestand. Die beiden hatten sich hier und da gegenseitig besucht. Um was es dabei genau gegangen war, konnte Rosemarie Lohnekamm allerdings nicht sagen. Sie schätzte die Sportlehrerin übrigens sehr und schilderte sie als eine engagierte, sympathische Frau, die sich immer für ihre Mädchen eingesetzt hatte. „Auf die lasse ich nichts kommen", bekräftigte sie ihre positiven Worte.

Ganz anders äußerte sie sich über Günter Baranowski. Der habe einen schlechten Einfluß auf Ellen gehabt. „Ich verstehe bis heute nicht, was meine Freundin an dem Kerl gefunden hat. Die war ihm geradezu hörig. Der hat sie um den Finger gewickelt und sie in irgendeine dunkle Sache reingezogen."

Ann-Kathrin Herzheim wurde bei diesen Worten hellhörig. Sie versuchte mehr darüber zu erfahren und fragte auch, was Baranowski auf Föhr gewollt haben könnte – ohne Erfolg. Wußte die Lohnekamm wirklich nicht mehr, oder blockte sie ab und wollte nicht mehr sagen?

„Ich muß Sie noch etwas fragen. Sie kennen den Bankdirektor Schöllenberger."

„Natürlich, der ist ja Ellens höchster Chef. Außerdem ist er der Big Boß von unserem Basketballverein und ist uns Cheerleadern gegenüber immer äußerst großzügig. Der bezahlt unsere Kostüme und hat uns Mädchen schon mal zusammen nach einem Spiel und unseren Auftritten eingeladen."

„Auch mal einzelne Mädchen?"

Rosemarie Lohnekamm zögerte nach dieser Frage und wirkte nervös. „Nicht, daß ich wüßte", antwortete sie dann.

Über Bankdirektor Horst-Wendelin Schöllenberger hätte die Oberkommissarin liebend gerne mehr erfahren.

Aus dem jungen Mädchen war trotz weiterer Fragen aber nichts mehr herauszubekommen. „Noch etwas. In der Wohnung Ihrer Freundin ist eingebrochen worden. Haben Sie eine Idee, was der Täter gesucht und gestohlen haben könnte?“

Sie schüttelte den Kopf. „Nee.“

„Vielleicht Ellens Tagebuch?“

Rosemarie Lohnekamm erschrak heftig. „Möglich“, antwortete sie, aber es klang zaghaft und unsicher.

„Sie wissen aber von dem Tagebuch und daß Ihre Freundin darin etwas aufbewahrte!“

„Sie hat mal sowas angedeutet.“

Sehr direkt fragte die Oberkommissarin zum Schluß nach einem Alibi. „Wo waren Sie vorgestern zwischen elf und ein Uhr mittags, in der Zeit, in der Ellen Winkelborn getötet wurde?“

Rosemarie Lohnekamm sah sie entgeistert und für ein paar Sekunden sprachlos an. Sie bemühte sich dann, nachdem sie sich einigermaßen gefaßt hatte, eine Antwort zu geben, konnte aber nicht plausibel erklären, wo sie in der Zeit gewesen war und was sie gemacht hatte. „Sie haben mich doch nicht etwa in Verdacht, mit dem Tod etwas zu tun zu haben?“

„Reine Routinefrage. Fahren Sie einen Wagen?“

„Ja, warum?“

„Ich will’s nur wissen. Ach ja, ich bitte Sie, morgen, sagen wir um zehn Uhr, aufs Präsidium zu kommen“, und auf den erschreckten, verängstigten Blick des Mädchens fügte sie hinzu, „wir müssen ein Protokoll aufsetzen, das Sie dann unterschreiben.“

Ann-Kathrin Herzheim war klar, daß Rosemarie Lohnekamm nicht als Täterin in Frage kam. Es kann aber nicht schaden, sagte sie sich, Druck auf sie auszuüben, vielleicht lockert das ihre Zunge. Denn auch das war ihr klar: Das Mädchen wußte mehr, als es gesagt hat.

35

Arnold Reismüller und Ann-Kathrin Herzheim saßen sich im Präsidium gegenüber.

„Du bist dir sicher, daß die Lohnekamm mit ihrem Wissen hinterm Berg hält?"

„Ganz sicher."

„Aber mit dem Mord an der Winkelborn hat sie nichts zu tun."

„So ist es. Die Tat, da sind wir uns doch einig, hat ein Mann begangen."

„Aber sie hätte ein Motiv, besitzt ein Auto und hat kein Alibi. Sie könnte es gewesen sein, rein theoretisch natürlich nur."

„Genau. Und da habe ich eine Idee. Sie kommt morgen hierher wegen des Protokolls. Wir sagen ihr auf den Kopf zu, unsere Hauptverdächtige zu sein."

„Du willst sie aufs Glatteis führen und bluffen?"

„Ja. Das ist sicher nicht ganz fair, wir sollten aber in diesem verzwickten Fall Fünfe gerade sein lassen. Die fühlt sich dann in die Enge getrieben. Das wird ihre Zunge lösen, und sie wird auspacken, was sie weiß."

„Ich habe dabei etwas Magenschmerzen. Aber gut, versuchen wir's."

Die Tür ging auf, und Kriminalrat Robert Klockner kam ins Zimmer. „Da ist der neue, detaillierte Bericht vom Bundeskriminalamt gekommen. Ich wollte Ihnen den persönlich aushändigen", sagte er leutselig und übergab den beiden das Dossier. „Einen schönen Tag noch, und halten Sie mich auf dem laufenden. Die Presse liegt mir permanent in den Ohren und will neueste Informationen über den Ermittlungsstand in unseren drei Mordfällen haben."

Reismüller und Ann-Kathrin Herzheim wußten ja schon ansatzweise einiges aus dem vorläufigen Bericht. Was sie aber jetzt erfuhren, war eine ziemliche Überraschung für sie. Marek Boguljubow war Mitglied eines im Ostblock ansässigen Ringes mit mafiaähnlicher Struktur und Arbeitsweise gewesen. Die kriminelle Gruppierung agiert weltweit im internationalen Sport. Sie weiß, daß da Geldsummen bewegt werden, die insgesamt in die Milliarden gehen, so bei der Olympiade, der Fußballweltmeisterschaft, der Tour de France, dem Formel-1-Rennen und den Tennisgroßturnieren. Aber auch im Sportgeschehen der einzelnen Länder, zum Beispiel in der deutschen Fußballbundesliga, geht es um Milliardenumsätze. Ziel der Organisation ist es, einen Teil der Finanzströme in die eigene Tasche zu lenken. Die Mitglieder haben ihre Hände überall drin und versuchen ihren Einfluß in den verschiedenartigen Sportgremien zu verstärken und sich in Spitzenpositionen hineinzulavieren. Im Internationalen Olympischen Komitee und im Weltfußballverband, der Fifa, sitzen schon einige von ihnen an den Schalthebeln. Sie mischen aber auch mit bei der Besetzung von Vorstands- und Präsidentenämtern in den Sportarten der einzelnen Länder und lenken Wahlen in ihrem Sinne. Zu ihren Zielen gehört auch die Einflußnahme auf die Sportmedien, insbesondere auf das Sportfernsehen, und die Abschöpfung von TV-Feldern. Mancher Vorgang in der Spielervermarktung und Spitzenspieler-Vermittlung läuft durch ihre Hände.

Neuerdings macht die Organisation auch vor der Sportmedizin nicht halt. Sie hat in Labors östlicher Staaten ein noch namenloses Dopingmittel entwickeln lassen, dessen aufputschende leistungsfördernde Substanz bei Kontrollen nicht im Körper nachgewiesen werden kann. Dieses völlig neuartige Präparat befindet sich in der Erprobungsphase und ist bereits zahlreichen Sportlern ohne deren Wissen in Tablettenform verabreicht worden, und zwar mit guten Ergebnissen.

Das Bundeskriminalamt in Wiesbaden ist in Zusammenarbeit mit Interpol auf diesen kriminellen Ring, dessen deutsche Zentrale in Berlin sitzt, durch den jüngsten Schiedsrichterskandal gestoßen. Im Dunstkreis der Organisation und unter ihrer Federführung haben bekanntlich bestochene Schiedsrichter Spiele der Fußballbundesliga manipuliert, damit die Hintermänner Wettgewinne mit riesigen Quoten kassieren konnten. Das Bundeskriminalamt geht davon aus, daß die aufgedeckten Betrugsfälle nur die Spitze des Eisberges sind. Es dürften viel mehr Spiele – auch in anderen Sportarten – verschoben worden sein. Der Nachweis ist nur schwer zu erbringen, weil die Betroffenen schweigen. Das Bundeskriminalamt ist in Zusammenarbeit mit dem Landeskriminalamt Berlin und der dortigen Staatsanwaltschaft der Organisation auf den Fersen. Allerdings ist die Gewinnung detaillierter Erkenntnisse auch deswegen so schwer, weil die Mitglieder mit Drohungen, Bestechung und Erpressung arbeiten.

Durch die Oldenburger Meldung von dem Mord im Kanalschacht und das Bild des Toten hatte der Undercoveragent ja herausgefunden, daß es sich um Marek Boguljubow handelte. Der gebürtige Rumäne mit deutscher Staatsangehörigkeit arbeitete für die Organisationen von Berlin aus. Was er in Oldenburg wollte, ist unbekannt.

Vermutlich war er in einer Sportangelegenheit unterwegs. Es gehörte übrigens zu seinen Aufgaben, sich in zwei Sportarten besonders ‚reinzuhängen', wie der Bericht es ausdrückte. Diese beiden Sportarten waren das Profiboxen und Basketball.

„Basketball", rief Ann-Kathrin Herzheim aus und machte große Augen.

„Ja, Basketball", echote Reismüller und sah seine Kollegin mit vielsagendem Blick an.

„Das ist ja der Hammer!"

„Schöllenberger", sagten beide gleichzeitig.

Reismüller erhob sich abrupt. „Auf zum Bankdirektor, Kati, dem werten Herrn werden wir ein paar verdammt unbequeme Fragen stellen."

Der Hauptkommissar und seine Kollegin erfuhren, daß Schöllenberger nicht in der Bank, sondern zu Hause war. Sie stiegen in ihren Wagen und fuhren die kürzeste Strecke durch die Jägerstraße, den Schützenweg und die Ammerländer Heerstraße und standen nach gut zehn Minuten vor dem herrschaftlichen Anwesen des Bankbosses. Die Villa lag auf einem großen Südgrundstück am Drögen-Hasen-Weg, ziemlich genau zwischen den Einmündungen Hartenscher Damm und Heynesweg. Nach hinten grenzte es einige Meter an einen kleinen Spazierweg, der durch die Haarenniederung führte.

Schöllenberger war alleine zu Hause. Er empfing die beiden Besucher mit ausgesuchter Höflichkeit und führte sie in sein Arbeitszimmer, dessen breite Fensterfront einen weiten Blick über die Wechloyer Wiesen und Weiden bis hin zu den östlichen Ausläufern des Ammerlandes bot.

„Sagen Sie, Herr Schöllenberger“, fiel Reismüller gleich mit der Tür ins Haus, „kennen Sie einen Mann namens Marek Boguljubow?“

„Nein, nie gehört.“

Die Antwort kam sehr schnell, ein bißchen zu schnell. Ann-Kathrin Herzheim beobachtete den Hausherrn sehr genau und hatte das Gefühl, er sei bei der Nennung des Namens zusammengezuckt und habe einen gehörigen Schrecken bekommen. Reismüller ging näher auf Boguljubow ein, auf dessen Aktivitäten, sein Auftauchen in Oldenburg und seinen Tod. Der Bankchef sollte wissen, daß die Kripo ziemlich gut informiert war. „Sie kennen diesen Mann wirklich nicht?“

„Nein“, Schöllenberger lehnte sich in seinem Sessel zurück und hob abwehrend die Hände, „wie ich schon sagte, mir gänzlich unbekannt.“

„Wir fragen uns nur, was dieser windige Bursche aus Berlin hier in Oldenburg wollte und warum er umgebracht worden ist.“

Der Bankdirektor zuckte mit den Schultern und schwieg. Ann-Kathrin Herzheim sah ihn mit dienstlicher Miene an und wurde energisch. „Wir werden es rausbekommen. Aber reden wir jetzt mal über Günter Baranowski.“

„Sagen Sie, ist das hier ein Verhör?“

„Nein. Aber passen Sie auf. Wir wissen, daß der Mord an Baranowski mit irgendwelchen Vorgängen in Oldenburg zusammenhängt. Und Sie waren auf Föhr, als er umgebracht wurde.“

„Ich habe ein Alibi, vergessen Sie das nicht.“ Seine Stimme klang ungehalten. „Ich kann es ja wohl nicht gewesen sein, wenn Sie das meinen.“

Die drei schwiegen eine Weile. Dann zog Reismüller einen Trumpf aus dem Ärmel und konfrontierte Schöllenberger mit dem Tod der Ellen Winkelborn. „Sie kennen das Mädchen gut. Sie ist immerhin Ihre Auszubildende und Cheerleader bei Ihren *Baskets*."

„Ja und? Sind das Gründe, sie umzubringen?"

„Wer weiß? Sie war übrigens schwanger."

Der Bankdirektor wurde fahl im Gesicht. „Sie erwartete ein Kind?"

„Ja, im zweiten Monat. Vorgestern gegen Mittag wurde sie erdrosselt. Ich frage Sie jetzt: Wo waren Sie um diese Zeit? Und eine zweite Frage: Könnte es sein, daß Sie der Vater sind?"

Schöllenberger schwieg und suchte nervös nach Worten. „Das ist doch alles Unsinn. Hanebüchener, riesiger Quatsch."

Und nach einer Weile fügte er trotzig und unwirsch hinzu: „Das kann ich Ihnen nicht genau sagen, wo ich da war, wohl irgendwo unterwegs. Und das mit der Vaterschaft schminken Sie sich mal schnell ab."

Ann-Kathrin Herzheim reichte ihm das Bild mit Rosemarie Lohnekamm. „Dies junge Mädchen kennen Sie auch."

Schöllenberger nahm die Aufnahme unwirsch in die Hand und schaute sie sich an. „Ja, ich glaube, die gehört zu unserer Cheerleadergruppe. Ist noch mehr? Weitere Fragen werde ich nur noch in Anwesenheit meines Anwalts beantworten."

„In Ordnung", sagte Reismüller. „Wir müßten von Ihnen eine Speichelprobe für den DNA-Test haben. Sind Sie dazu bereit?"

„Wenn's denn der Wahrheitsfindung dient. Aber erst nach Rücksprache mit meinem Anwalt."

„Gut. Wir schicken jemanden dafür vorbei. Halten Sie sich bitte zu unserer Verfügung. Sie werden kurzfristig eine Vorladung von uns bekommen."

Vom Auto aus rief der Hauptkommissar bei Tom Hildebrand an. Er beauftragte ihn, sich zwei Leute dazuzunehmen, sich in Sichtweite von Schöllenbergers Villa zu postieren und den Bankdirektor rund um die Uhr zu beobachten. Dann fuhr er mit Ann-Kathrin Herzheim ins Präsidium zurück. Dort zog sie vorsichtig das Bild mit der Lohnekamm aus ihrer Tasche und übergab es einem Beamten mit der Bitte, die Fingerabdrücke darauf zu prüfen und für einen möglichen Vergleich bereitzuhalten. Reismüller grinste anerkennend. Ihm war von Anfang an klar, daß sie die Fotografie Schöllenberger gezeigt hatte, um seine Fingerabdrücke zu bekommen.

Ann-Kathrin Herzheim setzte einen starken Kaffee auf und schenkte ihrem Chef und sich ein. Dann gingen die beiden noch einmal, aufgrund des aktuellen Standes, die drei Verbrechen chronologisch durch. Sie hegten wenig Zweifel daran, daß Horst-Wendelin Schöllenberger den Mann aus Berlin, Marek Boguljubow, umgebracht hatte, obwohl es noch keine handfesten Indizien gab. Sie hatten ja schon einmal in dieser Richtung spekuliert: Es mußte bei der Begegnung der beiden um dunkle Sachen gegangen sein. Es war zum Streit gekommen, vielleicht zu Drohungen und Einschüchterungen. Schöllenberger hatte, vielleicht in die Enge getrieben, tödlich zugeschlagen und dann die Leiche am Marschweg-Parkplatz beseitigt. Es bestand auch die Annahme, daß der Bankchef Günter Baranowski auf Föhr erschlagen und ins Hafenbecken geworfen hatte. Zwischen den Mordfällen Boguljubow und Baranowski lagen ja auch, wie sie schon mal festgestellt hatten, auffällige Ähnlichkeiten vor. Gut, da war das Alibi auf Föhr. Aber würde es einer strengen Überprüfung standhalten? Vom Piratenfest im Kurgartensaal waren es fünf Fußminuten bis zum Hafen. Ging man davon aus, daß Schöllenberger vom Opfer erwartet wurde, sofort die Tat beging und fünf Minuten für den Rückweg brauchte, so war er gerade mal zwölf, dreizehn Minuten weg. Würde eine so kurze Abwesenheit im Festtrubel aufgefallen sein?

Ann-Kathrin Herzheim griff zum Telefonhörer und rief auf Föhr an. Sie hatte Glück, Polizeikommissar Jürgen Adomeit war noch im Dienst. Sie bat ihn, möglichst schnell Schöllenbergers Alibi noch mal genau zu überprüfen. Adomeit freute sich sehr über den Anruf der hübschen Oldenburger Kollegin und versprach, sich sofort um die Sache zu kümmern und so schnell wie möglich zurückzurufen.

Auch im Fall Ellen Winkelborn gingen Reismüller und Ann-Kathrin Herzheim nunmehr davon aus, daß Schöllenberger der Täter war. Ein Motiv lag irgendwie in der Luft, denn da gab es, das hatten sie im Gefühl, eine höchst delikate, brisante Angelegenheit, die mit Baranowski und Ellen zu tun haben mußte.

„Alles schön und gut", faßte Reismüller die Gedanken zusammen, „letztlich sind alles nur Mutmaßungen, uns fehlen Beweise. Die brauchen wir."

Das Telefon ging. Der Hauptkommissar nahm ab und hörte die Informationen eines seiner Beamten mit überraschtem Gesichtsausdruck. Er legte auf und lächelte. „Teufel auch, unser verehrter Bankdirektor war in Ellen Winkelborns Wohnung. Unsere Spurensicherung und das Labor haben verdammt schnell gearbeitet und das durch einen Vergleich der dort gefundenen Fingerabdrücke mit denen von Schöllenberger festgestellt. Die Frage ist nur folgende: War er der Eindringling, oder stammten sie von vergangenen, verabredeten Besuchen bei ihr, oder vielleicht beides? Dann kommen wir der Möglichkeit näher, daß er der Vater des Kindes ist, sofern Baranowski als solcher ausfällt."

„Das werden wir ja in Kürze durch die DNA-Analyse wissen."

„Ja, wer weiß, wer weiß, auf was wir da noch stoßen."

„Ist es nicht an der Zeit, den hohen Herrn Bankboß festzunehmen?"

„Ich überlege gerade. Besser noch nicht. Unsere Erkenntnisse sprechen für sich. Aber ein definitiver Beweis ist es noch nicht." Er sah auf seine Uhr. „Es ist schon spät. Laß uns die Sache morgen durchziehen. Wir haben den Burschen ja auch durch Tom am Schlafittchen." Er rief seinen jungen Mitarbeiter an.

„Alles im grünen Bereich", sagte dieser zur Beruhigung seines Chefs. „Wir stehen an der Ecke Heynesweg, schräg gegenüber von Schöllenberges Haus, und beobachten das Anwesen. Sein Auto steht in der Einfahrt. Wir haben alles fest im Griff. Wird eine lange Nacht werden."

36

Oberkommissarin Herzheim war mal wieder die erste im Dienst. Sie setzte sich an ihren Schreibtisch und rief Tom Hildebrand an. Der meldete sich mit brummiger, belegter Stimme, schließlich hatte er sich gemeinsam mit seinem Kollegen die ganze Nacht um die Ohren schlagen müssen. Er konnte nichts Besonders berichten. Schöllenberger hatte vor einer Stunde, um halb sieben, die Zeitung reingeholt. Sein Wagen stand nach wie vor in der Einfahrt. „Bleibt noch da; gegen neun Uhr werdet ihr abgelöst.“

Es klopfte, und Angela Dreischulte trat ein. „Darf man zu dieser unchristlichen Morgenstunde schon stören? Von Dr. Gollenwald habe ich erfahren, daß Sie mich suchen.“

Ann-Kathrin Herzheim war ganz froh über diesen Besuch. Sie mochte die Oberstudienrätin mit ihrer frischen, unkomplizierten und locker-sympathischen Art, und ihr war inzwischen auch ziemlich klar, daß sie mit dem Tod Ellens nichts zu tun haben würde. Die beiden Frauen kamen dann auch gleich auf den Mord an dem jungen Mädchen zu sprechen. Angela Dreischulte vermochte ihre Trauer nicht zu verbergen.

„Schrecklich, was da passiert ist. Sie haben mich in Verdacht?“ Dabei lächelte sie zaghaft.

„Na ja, wir denken natürlich in alle Richtungen.“

„Das kann ich verstehen. Es war ja auch dumm von mir und für mich jetzt unerklärlich, Ihnen mein gutes, enges Verhältnis zu Ellen verschwiegen zu haben. Dabei war alles ganz harmlos. Es ging bei unseren kurzen Begegnungen und Besuchen um Fragen der Cheerleadergruppe und um die Gestaltung eines Schulsportfestes und einer Klassenfahrt.“

„Schon gut. Ich glaube Ihnen.“

Es zeigte sich dann, daß die Pädagogin den ganzen Tattag über beim 57. Oldenburger Landesreitturnier in Rastede gewesen war. Sie hatte bei dem traditionellen Pferdesportereignis als ehrenamtliche Helferin bei der Organisation der Dressur, des Springens und des Geländeritts mitgewirkt.

Die beiden Frauen hatten sich gerade verabschiedet, da kam Reismüller ins Zimmer. In sein „Moin, moin" hinein ging das Telefon. Die Oberkommissarin nahm den Hörer ab. Es war Dr. Gollenwald. Er kündigte den Besuch seiner Kollegin Dreischulte an und war erfreut zu hören, daß sie schon dagewesen war. „Darf ich mir in scheuer Zurückhaltung erlauben, eine inkompetente Anmerkung zu Ihren Mordfällen zu machen?" fragte er, selbst über die Wahl seiner Worte lachend.

Nur zu. Den Ratschlag eines Krimi-Autors werde ich mir in schüchterner Bescheidenheit anhören." Jetzt lachten beide.

Gollenwald hatte in der Morgenzeitung Einzelheiten über den Tod seiner Schülerin Winkelborn gelesen. Dabei war ihm eine Parallele zu dem Mordfall Boguljubow, wie er inzwischen offiziell genannte wurde, aufgefallen. In beiden Fällen habe der Täter sein Opfer mit dem Auto abgeholt, und zwar jedesmal nach entsprechender Verabredung in einer unbelebten Nebenstraße, um nicht gesehen zu werden. Ann-Kathrin Herzheim dankte für diesen Hinweis, der für die Kripo natürlich nicht neu war. Die beiden wechselten noch ein paar Worte und verabschiedeten sich.

„Hoffentlich bis bald."

„Vielleicht", antwortete die Oberkommissarin. „Das war Dr. Gollenwald", sagte sie und wandte sich ihrem Vorgesetzten zu.

„Hab ich mir gedacht."

„Wieso?"

Er griente von einem Ohr zum anderen. „Du warst so nett am Telefon, irgendwie so gar nicht dienstlich. Hab da mal was von einer privaten Verabredung tuscheln hören."

Sie griff nach dem Fernsprechbuch, das auf dem Schreibtisch lag. „Noch eine unbotmäßige Bemerkung, und es landet an deinem Kopf!“

Das Telefon meldetet sich mal wieder. Reismüller nahm den Hörer ab. Der Anruf kam aus Wyk auf Föhr. Polizeioberkommissar Adomeit war enttäuscht, daß er nicht Ann-Kathrin Herzheim in der Leitung hatte. Deswegen teilte er nur kurz mir, daß er und sein Kollege Höderer Schöllenbergers Alibi noch mal streng überprüft hatten. Der Gastronom und die Bediensteten im Kurgartenhaus hätten sich jetzt auf intensive Nachfrage hin ein bißchen vorsichtiger geäußert. Der Bankdirektor sei in der fraglichen Zeit anwesend gewesen; sie könnten aber nicht ausschließen, daß er zwischendurch mal für zehn bis fünfzehn Minuten den Festsaal verlassen habe.

Eine Polizistin steckte ihren Kopf durch die Tür und meldete eine Besucherin. Rosemarie Lohnekamm trat ein. Man sah ihr ihre Beklommenheit an. Ganz offenkundig fühlte sie sich nicht wohl in ihrer Haut. Reismüller hatte mit seiner Kollegin abgesprochen, daß er die Gesprächsführung übernehmen würde. „Wir möchten uns mit Ihnen über Ellen Winkelborn unterhalten“, begann er in dienstlich forschem Ton. Als sie nichts sagte und ihn nur unsicher ansah, fuhr er mit schroffer Stimme fort. „Wir verdächtigen Sie des Mordes an Ihrer Freundin.“

„Aber nein.“ Sie schluckte und sah zu Boden.

„Sie haben ein Motiv, nämlich Eifersucht. Sie können kein Alibi vorweisen, und Sie haben einen Pkw.“

„Ja, nein.“ Sie schüttelte immer wieder den Kopf. „Wie kommen Sie denn bloß darauf? Ich war das nicht. Sie war doch meine beste Freundin.“

„Wenn es Ihre beste Freundin war, wissen Sie eine Menge über sie. Dann sagen Sie uns jetzt, was Sie wissen, aber die Wahrheit!"

Sie kämpfte mit sich und sah wie hilfesuchend zur Oberkommissarin. „Gut", sie atmete tief durch, „vielleicht werden sie ja sowieso eines Tages alles rauskriegen." Und dann packte sie aus ...

Ellen Winkelborn hatte Günter Baranowski in der Disco kennengelernt und sich total in ihn verliebt. Der Gymnasiast brauchte Geld. Er hatte Spielschulden. Auch hatte er hohe Zahlungspflichten für seine Computer- und Fotohobbys sowie für seinen aufwendigen Lebensstil. Er bemerkte, wie seine bildhübsche Freundin Ellen in der Männerwelt ankam und überall die Blicke auch älterer Herren auf sich zog. Das brachte ihn auf eine Idee. Seine Freundin sollte sich mit einem betuchten Mann einlassen. Sie müßte für eine delikate Szene sorgen. Er würde dann unbemerkt Aufnahmen schießen und mit ihnen Geld machen; denn der betroffene Mann würde schon zahlen. Ellen Winkelborn sträubte sich zunächst mit aller Macht dagegen. Sie erlag jedoch nach einiger Zeit dem Drängen ihres Freundes. Das zu erwartende Geld war allerdings auch eine Verlockung für sie. Da kam ihnen Bankdirektor Schöllenberger gerade recht. Der hatte, was Ellen natürlich nicht entgangen war, ein Auge auf sie geworfen, vermutlich ohne konkrete Absichten. Das junge, hübsche Mädchen gefiel ihm einfach. Ellen suchte dann, immer wieder von Baranowski dazu animiert, die Nähe des wohlhabenden Bankchefs, und nach einer Feier im *Hotel Heide*, zu der Schöllenberger die Basketballmannschaft und die Cheerleader-Mädchen nach einem Sieg eingeladen hatte, geschah es dann. Der Vereinspräsident und Ellen blieben als letzte und landeten später in der Wohnung des jungen Mädchens. Dort war alles arrangiert. Sie tranken noch ein, zwei Gläser Wein, bis Ellen ihren Gast ins Schlafzimmer zog.

Sie knöpfte ihre Bluse auf und zog sie aus. Einen BH trug sie nicht darunter. Dann öffnete sie ihren Minirock und ließ ihn zu Boden gleiten. Sie schritt auf Schöllenberger, der auf dem Bett saß, zu. Der griff an ihren Slip und streifte ihn lüstern ab. Der Mann, dessen Blicke von dem makellosen Körper der jungen Frau, ihren wohlgeformten mädchenhaften Brüsten und dem schlanken, aufregenden Beinen gefangen genommen war, bemerkte in seiner Erregung nicht, das Günter Baranowski leise ins Wohnzimmer getreten war. Durch einen Spalt in der Schlafzimmertür, die Ellen offengelassen hatte, machte er mit seiner Digitalkamera Aufnahmen von dem, was sich da bei gedämpftem Licht abspielte.

„Und dann hat Ellens Freund den Bankdirektor mit den Fotos erpreßt“, fuhr Reismüller dazwischen.

„Ja.“

„Wissen Sie, warum das auf Föhr geschehen ist und nicht in Oldenburg?“ Auch darauf bekamen Reismüller und Ann-Kathrin Herzheim eine Antwort: An sich wollte Baranowski das in Oldenburg tun. Er wußte aber, daß das Ehepaar Schöllenberger ein paar Urlaubstage auf der nordfriesischen Insel verbringen würde. Er mußte ohnehin wegen seines Wagens zu seinem Onkel nach Heide. Von da war es ja nicht weit bis Föhr. Er ist den Schöllenbergers auf die Insel gefolgt, zumal ihm dort das Appartement seiner Heider Verwandten zur Verfügung stand. In Oldenburg, hatte er mal gesagt, sei es schwer, unauffällig an den Bankboß ranzukommen; das könnte irgendwie von jemandem bemerkt werden. Auf der entlegenen

Insel Föhr falle das leichter und sei unauffälliger; da kenne einen ja keiner.

„Noch eine Frage. Der Baranowski hatte die Sexfotos auf seiner Computer-Festplatte. Die haben wir vergeblich gesucht. Wissen Sie, wo die sein könnte?“

„Ich glaube, die ist weg. Ellen hat mal gesagt, die hätte ihr Freund vorsichthalber vernichtet und entsorgt. Ausdrucke der Bilder habe es genug gegeben.“

„Und die Bilder? Wissen Sie was über deren Verbleib?“

„Die Fotos hat sie in einen Umschlag getan und in ihrem Tagebuch deponiert. Aber das Tagebuch ist ja wohl weg. Keine Ahnung, wo es sein könnte.“

„Eine Frage noch“, schaltete sich Ann-Kathrin Herzheim ein, „ich habe es bei unserem Treffen gestern nicht angesprochen. Sie wissen, daß Ihre Freundin schwanger war?“

„Ja, sie hat das vor kurzem mal angedeutet. Näheres wollte sie darüber aber nicht sagen.“

Wird Günter Baranowski der Vater sein oder vielmehr Horst-Wendelin Schöllenberger, dachten die Oberkommissarin und ihr Chef.

Das Gespräch war beendet. Ann-Kathrin Herzheim begleitete Rosemarie nach draußen. Die beiden Frauen wechselten auf dem Weg dorthin noch ein paar Worte. Bevor sie sich verabschiedeten, fragte Rosemarie Lohnekamm: „Werden Sie den Mörder meiner Freundin finden?“

„Mit Sicherheit. Schade nur, daß Sie mir dies alles nicht schon gestern erzählt haben.“

„Das sehe ich jetzt auch so. Es tut mir leid.“

37

Auf zur Verhaftung des Bankdirektors! Reismüller und Ann-Kathrin Herzheim kamen vor Schöllenbergers Haus am Drögen-Hasen-Weg an und stellten ihren Wagen in der langen und breiten Einfahrt ab. Der Hauptkommissar ging zum Auto, in dem Tom Hildebrand und sein Kollege saßen. Beide waren am frühen Vormittag abgelöst worden, hatten inzwischen aber wieder ihren Beobachtungsposten bezogen.

„Es ist alles in Ordnung", berichtete Hildebrand, „Schöllenbergers Schlitten, sein BMW 760, steht, wie du siehst, immer noch draußen. Er muß zu Hause sein."

Reismüller überquerte die Straße. Ann-Kathrin kam ihm ein paar Schritte entgegen und zeigte mit einer vielsagenden Miene auf eine Stelle zwischen Straße und beginnender Einfahrt. Sie blickten auf einen größeren Kanaldeckel.

„Beim Jupiter", sagte Reismüller freudig, „jetzt wissen wir, warum unser Herr Bankdirektor den toten Baranowski in den Schacht beim Marschweg bugsiert hat. Der kennt sich mit so einem Schacht aus, zumindest hatte er durch diesen Deckel hier die Idee dazu."

Die zwei klingelten, und Frau Schöllenberger öffnete. Sie ließ sich deutlich anmerken, daß ihr der Besuch nicht paßte. „Tut mir leid", sagte sie kurz angebunden und von oben herab, „Sie kommen vergebens. Mein Mann ist nicht da."

Horst-Wendelin Schöllenberger war vorher nicht entgangen, daß er unter Beobachtung stand. Da war ihm der Boden unter den Füßen zu heiß geworden. Was war geschehen? Er hatte vor einer knappen Stunde in der Bank angerufen und seinen Fahrer mit Dienstwagen zu sich bestellt, und zwar mit der Weisung, nicht direkt zu seinem Haus, sondern auf den kleinen, etwas versteckt liegenden Parkplatz am Hartenschen Damm zu fahren und dort auf ihn zu warten. Zwanzig Minuten später hatte der Bankdirektor sein Haus durch den hinteren, nicht einsehbaren Gartenteil verlassen und war über den kleinen Fußweg in der Haarenniederung und über die Holzbrücke zum Parkplatz gelangt, wo das Auto bereitstand. Er hatte sich gleich selbst ans Steuer gesetzt, war stadteinwärts gefahren und hatte den Fahrer aussteigen lassen.

Reismüller riß sein Handy hervor, rief in der Bank an und ließ sich das Kennzeichen des Dienstfahrzeugs geben. Dann eilte er zu Tom Hildebrand hinüber, der mit seinen Kollegen müde und schläfrig im Wagen saß. „Paßt auf, ihr braucht hier nicht mehr länger stehen. Schöllenberger ist entwischt. Tom, veranlasse umgehend eine Fahndung nach dem Burschen. Er ist mit einem schwarzen Audi A 8, amtliches Kennzeichen OL WG 333, mit unbekanntem Ziel unterwegs. Er ist sofort festzunehmen."

Reismüller eilte ins Haus zurück. Dort hatte Erika Schöllenberger noch immer nicht ihre hochnäsige Arroganz abgelegt. „Was wollen Sie von meinem Mann? Sie waren doch gestern schon hier. Mein Mann hat in seiner Position weiß Gott Besseres zu tun, als seine Zeit mit der Polizei zu vergeuden."

Ann-Kathrin Herzheim sah die Frau kritisch aus den Augenwinkeln an. Mit der muß man knallhart ins Gericht gehen, sagte sie sich. „Wir sind gekommen, um ihren Mann zu verhaften. Es besteht dringender Tatverdacht, daß er drei Morde begangen hat. Wir verdächtigen ihn,

Marek Boguljubow, Günter Baranowski und Ellen Winkelborn umgebracht zu haben."

Erika Schöllenberger wurde leichenblaß und rang nach Worten. Es dauerte eine Weile, bis sie ihre Beherrschung zurückgewann. „Sie scherzen wohl. Das ist doch blühender Unsinn. Hirngespinste sind das. Mein Mann ein Mörder? Daß ich nicht lache."

Auch der Hauptkommissar sah jetzt, daß man mit dieser Frau Tacheles reden und energisch umgehen müsse. Schonungslos legte er die Fakten auf den Tisch, die der Polizei bekannt waren und die ein ziemlich genaues Bild von Schöllenbergers Schuld zeigten. „Es hat keinen Sinn, daß Sie versuchen, Ihren Mann zu verteidigen. Sie haben ja gehört, daß wir Bescheid wissen. Und im übrigen, warum hat er sich denn aus dem Staub gemacht und sich der Festnahme durch Flucht entzogen?"

Die Frau schwieg und sah zu Boden. Sie verzog keine Miene.

„Wir haben die Fahndung nach Ihrem Mann eingeleitet. Er kann uns nicht entkommen. Und noch einmal: Die Fakten sind eindeutig."

Erika Schöllenberger starrte wie abwesend auf die Wand. Sie kämpfte mit sich. Auf der einen Seite verschloß sie sich der Wahrheit und wollte sie partout verdrängen. Andererseits war sie realistisch genug, sich in die Tatsachen zu fügen und sich die Taten ihres Mannes einzugestehen. „Wenn Sie ohnehin schon alles wissen", kam es gequält und stockend aus ihr heraus. „Ja ..., Sie haben recht. ... Die Anschuldigungen ... stimmen. Ich will ihn jetzt nicht mehr schonen. Er hat ja auch mir ... Böses angetan." Sie wußte eine Menge über die ganze Angelegenheit, packte aus und fing mit dem Mord auf Föhr an.

Günter Baranowski hatte sich dort mit Horst-Wendelin Schöllenberger in Verbindung gesetzt, ihm die Sexfotos mit Ellen Winkelborn zugeschickt und damit zu erpressen versucht. Einzelheiten sollten in der Nacht am Hafen besprochen und ein erster höherer Geldbetrag übergeben werden. Falls nicht, sollten die Fotos publik gemacht und ins Internet gestellt werden. Schöllenberger hatte gewußt, daß sich Erpresser nie zufriedengeben und immer wieder mit neuen Forderungen kommen würden. Deswegen hatte er beschlossen, den ‚widerwärtigen Zeitgenossen', wie er ihn nannte, zu töten. Er hatte nach Mitternacht das Piratenfest, bei dem es hoch hergegangen war, verlassen und war zum Hafen geeilt. Dort hatte er in einem günstigen Moment auf Baranowski mit einem mitgebrachten Eisenrohr eingeschlagen. Der war röchelnd zu Boden gestürzt und war von Schöllenberger zur Kaimauer geschleppt und ins Hafenbecken befördert worden. Nach circa zwölf bis fünfzehn Minuten war der Täter wieder zurück im Kurgartensaal. Seine Abwesenheit war bei dem Festtrubel niemandem aufgefallen.

„Kannten Sie Günter Baranowski?" fragte Reismüller.

„Nein, absolut nicht. Aber mir war die ganze Sache auf Föhr komisch vorgekommen. Mein Mann gab sich plötzlich so anders. Ich spürte, daß da irgendwas nicht geheuer war. Seine Abwesenheit auf dem Fest war mir natürlich aufgefallen, auch daß er ziemlich echauffiert zurückkam. Als ich dann am nächsten Tag von dem mitternächtlichen Mord hörte und erfuhr, daß der Getötete aus Oldenburg kam, hat mich da die böse Ahnung gepackt, daß mein Mann darin verstrickt sein könne. Als ich ihm gegenüber massiv wurde, hat er mir alles gestanden. Im ersten Moment habe ich an Scheidung gedacht. Das können Sie mir glauben. Aber die Position meines Mannes, unser Ruf in Oldenburg, unsere gesellschaftliche Stellung!"

„Die ist natürlich auch besonders im Fall Ellen Winkelborn ruiniert", bemerkte Ann-Kathrin Herzheim.

„Natürlich und wie."

Der Mord an Ellen lag drei Tage zurück. Schöllenberger war, wie seine Frau berichtete, am Vormittag mit seinem Wagen weggefahren und erst am Nachmittag zurückgekommen. Ihr hatte er ausweichend erzählt, er wäre ohne Ziel in der Gegend umherkutschiert, um mal allein zu sein und seinen Gedanken nachhängen zu können.

„Wir haben Fingerabdrücke Ihres Mannes in der Wohnung von Ellen Winkelborn gefunden", stichelte Reismüller herausfordernd, um die Frau noch mehr aus der Reserve zu locken.

„Na und? Das wundert mich nicht. Wo hätten sie's denn sonst miteinander treiben sollen? Entschuldigen Sie meine unfeine und vulgäre Ausdrucksweise."

„Der Tod des Mädchens berührt Sie wohl nicht?"

„Ehrlich gesagt, wenig. Dieses kleine Biest, dieses Flittchen hat es nicht anders verdient."

„Die junge Frau war schwanger."

Erika Schöllenberger sah ausdruckslos auf.

„Schwanger? Das ist ein Witz, dann ist mein werter Gatte in dem Fall sozusagen ein Doppelmörder. Na ja, die Winkelborn war mehr als gefährlich für ihn. Sie hätte ja die Erpressung nach dem Tod ihres Freundes fortsetzen können. Mein Mann hat wohl keine andere Wahl gehabt, als sie aus dem Weg zu schaffen."

Ann-Kathrin Herzheim schaltete sich ein. „Es ist nicht ganz ausgeschlossen, daß Günter Baranowski der Vater des Kindes ist. Wenn wir Ihren Mann haben, werden wir einen DNA-Vergleich vornehmen. Der wird dann Auskunft geben."

„Das ist doch alles egal." Und dann sprach sie über den Mord an Marek Boguljubow.

Horst-Wendelin Schöllenberger hatte sich mit dem Mann aus Berlin in Oldenburg verabredet und ihn an dem kleinen Nebenweg der Jägerstraße abgeholt. Sie waren dann in die Villa des Bankdirektors gefahren. Seine Frau war in der Zeit nicht in Oldenburg gewesen, sondern für zwei Tage zu einem auswärtigen Klassentreffen nach Wilhelmshaven gereist. Im Haus war es zu einer schrecklichen Auseinandersetzung zwischen den beiden Männern gekommen, in deren Verlauf Schöllenberger den Gast erschlagen hat. Der Bankdirektor hatte zuvor vor Monaten mal einer Straßenkolonne beim Reinigen seines Kanalschachtes zugesehen und war jetzt auf die Idee gekommen, den Toten in so einen Schacht zu befördern. Durch die Besuche von Sportveranstaltungen im Marschwegstadion kannte er den dortigen Parkplatz unter der Autobahn. Alles andere war dann, wie ja bekannt, von selbst gelaufen. Daß der Obdachlose und das Liebespärchen im Auto etwas mitbekommen hatten, war sozusagen ein Schönheitsfehler, ein Betriebsunfall.

„Können Sie uns Näheres zum Motiv sagen?" fragte Reismüller. „Dieser Boguljubow war ja Mitglied einer mehr als dubiosen Organisation gewesen. Es soll um kriminelle Machenschaften großen Stils im Sport gegangen sein."

„Mein Mann hat da nur vage Andeutungen gemacht. Fragen Sie ihn doch am besten selbst, wenn Sie ihn haben."

„Noch eine letzte Frage. Sie waren in der Mordnacht in Ihrem Haus nicht dabei. Wußten Sie von dem Besucher?“

„Nicht genau, aber ich habe es geahnt. Mein Mann hatte ein paar Tage davor so ganz nebenbei eine Bemerkung fallenlassen, daß er bald einen Mann aus Berlin persönlich erwarte. Da dacht ich mir, daß das wohl während meiner Abwesenheit geschehen würde.“

„Aber hat Ihr Mann Ihnen hinterher nichts von der Sache erzählt?“

„Natürlich nicht, zunächst jedenfalls nicht. Als ich dann später in der Zeitung von dem Toten im Kanalschacht las, so einen Schacht gibt es ja auch vorn an unserer Einfahrt, bekam ich eine böse Ahnung. Ich habe dann bei uns intensiv nachgesucht und im Kofferraum unseres Wagens, so halb unter einer Abdeckplatte, zwei kleine, verkrustete Blutflecken entdeckt. Da konnte ich eins und eins zusammenzählen. Ich habe meinen Mann zur Rede gestellt und bin richtig massiv geworden. Da ist ihm nichts anderes übriggeblieben, als Farbe zu bekennen und mir reinen Wein einzuschenken.“

Hauptkommissar Reismüller und seine Oberkommissarin wechselten noch einige Worte mit Erika Schöllenberger und stellten ein paar weitere Fragen, vor allem zu Günter Baranowski, dann verließen sie das Haus. Sie waren sich einig: Beim Versuch der Frau, ihren Göttergatten in Schutz zu nehmen und sich vor ihn zu stellen, ging es ihr insbesondere um die eigene Person. Für sie hätte die Verhaftung und Verurteilung ihres Mannes natürlich die öffentliche Ächtung und den gesellschaftlichen Ruin bedeutet. Sie hätte Oldenburg letztlich verlassen und sich irgendwo in einer anderen Stadt, weit weg von den Geschehnissen im Norden, ins letzte Mauseloch verkriechen müssen. Daß sie dann doch mit der ganzen Wahrheit herausgerückt ist, war natürlich auch auf ihre unbändige Wut auf ihn zurückzuführen. Denn er hatte ihre schöne, heile Welt zerstört. Er hatte sich in dunkle Geschäfte eingelassen, sie mit einem jungen Ding betrogen, sich in Erpresserhände begeben und war zum Mörder geworden.

38

Arnold Reismüller ging mit Ann-Kathrin Herzheim aufs Auto zu, in dem Tom Hildebrand und sein Kollege saßen. „Hallo, Chef, ich habe den Fahndungsaufruf sofort an die Zentrale durchgegeben. Unsere Leute haben ihn bestätigt und sind schon am Ball."

„Sehr gut. Bleibt noch etwas hier für den Fall, daß Schöllenberger in sein Haus zurückkommt. Das ist allerdings sehr unwahrscheinlich. Ann-Kathrin und ich fahren jetzt ins Präsidium und kümmern uns um alles Weitere."

Kaum waren sie an ihrem Arbeitsplatz angelangt, da meldete sich eine der Funkstreifen. „Haben besagten Audi A 8 mit der Nummer OL WG 333 gesichtet. Nehmen Verfolgung auf. Sind hinter ihm. Sehen nur eine männliche Person drin. Sind weiter hinter ihm ... Fährt an Kreuzung Prinzessinweg/Ofener Straße auf die Autobahn Richtung Norden. Sind immer noch dicht hinter dem Wagen. Fährt an Abfahrt Bürgerfelde vorbei ... jetzt Nadorst ... versuchen, ihn zu stoppen ... wollen uns vor ihn setzen ... Mist, klappt nicht ... ist jetzt beim Kreuz Donnerschwee ... fährt geradeaus weiter ... bleiben dran. Was macht er jetzt in Ohmstede? ... Biegt ab auf die Autobahn

Richtung Süd ... haben die Blankenburger Huntehochbrücke vor uns ... Himmel, was geschieht jetzt? ... Er ist mitten auf der Hochbrücke, bremst ab, fährt rechts ran und hält dicht neben dem Geländer. Der springt aus dem Wagen ... Das ist ja Wahnsinn! Klettert übers Geländer ... sieht jetzt nach unten in die Tiefe. Mein Gott, der scheint runterspringen zu wollen. Stehen jetzt hinter ihm. Steigen aus, versuchen, uns ihm zu nähern."

Reismüller und Ann-Kathrin Herzheim saßen schon im Polizeiauto und brausten Richtung Huntehochbrücke. Sie standen mit dem Streifenwagen in ständigem Funkkontakt. Schon von weitem sahen sie parkende Pkw, zwischen denen sich Schaulustige angesammelt hatten. Und da standen der Streifenwagen und die beiden Schutzpolizisten. Reismüller fuhr rechts ran und sprang mit Ann-Kathrin Herzheim raus. Sie eilten auf die beiden Beamten zu, die etwa zehn Meter entfernt von Horst-Wendelin Schöllenberger dastanden und nicht so recht wußten, wie sie sich verhalten sollten. Sie waren froh über das Erscheinen der Kripo.

„Wenn Sie näherkommen, springe ich", schrie der Bankdirektor, der sich mit zerzausten Haaren, verzweifelten Gesichtszügen und fahrigen Bewegungen mit einer Hand ans Geländer klammerte.

Reismüller ging langsam und vorsichtig Schritt für Schritt auf den Mann zu. „Hören Sie, Herr Schöllenberger, lassen Sie's sein. Kommen Sie!"

„Bleiben Sie mir vom Halse. Ich springe sonst!"

Der Hauptkommissar fürchtete, daß er ernst machen würde. „Gut, ich komme Ihnen nicht näher. Sie versprechen mir dafür, nichts Unüberlegtes zu tun."

„Nichts verspreche ich, gar nichts."

Von weitem hörte man die lauten Geräusche eines herannahenden Krankenwagens und der Feuerwehr. Ein Boot der Wasserschutzpolizei fuhr auf die Brücke zu. Zwei Personen sprangen aus dem Krankenwagen; der Arzt blieb auf der Brücke stehen, sein Sanitäter eilte nach unten ans Flußufer, während drei Feuerwehrleute mit geübten Griffen ein Schlauchboot nach unten beförderten und ins Wasser ließen.

„Habt ihr kein Sprungtuch dabei?“ rief einer der Zuschauer.

„Doch, aber das können wir auf dem Wasser nicht aufspannen.“

„Was soll dieser ganze Zirkus“, schrie Schöllenberger, „laßt diesen Firlefanz. Ihr kriegt mich nicht.“

Ann-Kathrin Herzheim und die beiden Polizisten drängten die Gaffer zurück und forderten sie zum Weiterfahren auf – mit wenig Erfolg. Wenigstens stand jetzt Hauptkommissar Reismüller allein dem Bankdirektor gegenüber. „Lassen Sie uns doch miteinander reden, Herr Schöllenberger“, versuchte er beruhigend auf den Mann einzureden, „es hat doch keinen Sinn!“

„Wieso keinen Sinn? Ich bin erledigt, vollkommen erledigt. Es ist aus mit mir. Ich wandere für ewig ins Gefängnis.“

„Sie bekommen einen fairen Prozeß.“

Die Schaulustigen hatten sich erneut der Szenerie genähert, und wieder wurden sie zurückgedrängt, diesmal hinter eine weiträumige Absperrung.

Reismüller ging langsam mit zwei, drei kurzen Schritten auf Horst-Wendelin Schöllenberger zu, blieb aber, als der Anstalten machte, sich am Geländer loszulassen, stehen. „Können wir nicht doch ein paar Worte miteinander wechseln?“

„Worüber denn? Sie wissen ja eh alles.“

„Sie haben recht. Aber sagen Sie, warum mußte Boguljubow sterben?“

„Das will ich Ihnen flüstern. Ich bin in die Fänge dieser Organisation geraten. Gangster sind das. Die haben dicke Geldsummen von mir bekommen und wollten dafür sorgen, daß ich Präsident der deutschen Basketball-Liga werde und in den Vorstand des Internationalen Basketballkomitees einrücke. Die haben mir weitere Versprechen gemacht. Ich sollte eine große Nummer in der Sportführung werden. Als Gegenleistung haben die nicht nur Geld verlangt. Ich sollte mich unter anderem an der Manipulation von Spielen beteiligen und beim illegalen Transfer von ausländischen Stars mitwirken. Dummerweise hatte ich mich darauf eingelassen, ihr neu entwikkeltes, streng verbotenes Dopingmittel heimlich an einigen meiner Spieler auszuprobieren. Boguljubow wollte, daß ich jetzt Mittelsmann für die Verbreitung dieses Dopingmittels im großen Stil werde. Als ich das ablehnte, hat er mir gedroht, seine Organisation wüßte Mittel und Wege, mich gefügig zu machen. Es ist daraufhin zu einem erbitterten Streit gekommen. Als der fürchterlich eskaliert ist und Boguljubow mit weiteren Forderungen und gleichzeitig Einschüchterungen kam, habe ich die Beherrschung verloren und voller Wut mit einem marmornen Bücherständer zugeschlagen. Töten wollte ich ihn eigentlich gar nicht.“

„Und dann sind Sie mit der Leiche zum Marschweg-Parkplatz gefahren.“

„Ja. Halb aus Verzweiflung und halb aus Überlegung. Ich kannte ja unseren Schacht. Habe geglaubt, daß der Tote nicht gefunden wird, vielleicht später einmal, wenn nur noch das Skelett übrig ist.“

„Und auch Günter Baranowski und Ellen Winkelborn mußten sterben.“

„Sie haben’s nicht anderes verdient. Die Winkelborn, dieses Miststück, diese falsche Schlange, hat mich verführt. Mit den Fotos wollte mich ihr Galan, der Baranowski, diese miese Kreatur, erpressen.“

„Sie waren natürlich auch gewaltig unter Druck wegen der Schwangerschaft Ellen Winkelborns.“

„Denken Sie doch, was Sie wollen. Schluß mit dem Gelaber. Ich bin am Ende.“ Verzweifelt sah er sich mit stierem Blick um, sah die Menschen auf der Brücke, die Polizei, die Feuerwehr, den Krankenwagen. Er blickte nach unten in die Tiefe und schloß die Augen.

Dann sprang er.

Zwei Rettungsschwimmer, einer von der Feuerwehr, der andere aus dem Boot der Wasserschutzpolizei hatten sich schon im Fluß aufgehalten. Mit kräftigen Stößen schwammen sie zu der Stelle, an der Schöllenberger in voller Länge aufgeschlagen war. Sie holten ihn ans Ufer und legten ihn auf eine bereitstehende Trage.

Der Arzt, Dr. Burkner, trat näher. „Der Mann ist tot“, diagnostizierte er nüchtern, „innere Verletzungen von Organen, verblutet, Schocktod“, murmelte er.

Die Leiche wurde abtransportiert.

Reismüller und Ann-Kathrin Herzheim fuhren zurück Richtung Innenstadt. Sie einigten sich, gemeinsam zu Frau Schöllenberger zu fahren und ihr die Nachricht vom Tod ihres Mannes zu überbringen.

Erika Schöllenberger reagierte gefaßt, als sie erfuhr, was sich zugetragen hatte.

„Sein Ehrgeiz und seine Geltungssucht sind ihm zum Verhängnis geworden“, sprach sie leise, fast unhörbar vor sich hin. „Es war doch alles so schön.“ Laut sagte sie etwas theatralisch: „Er hat sich selbst gerichtet.“

Sie verließen die Bankiersgattin.

„Es ist spät geworden“, sagte Reismüller mit einem Blick auf seine Uhr. „Feierabend.“

„Ja. Morgen früh Präsidium. Dann machen wir die Berichte und informieren unsere Amtskollegen auf Föhr, in der Wesermarsch und auf Langeoog.“

„Ja, machen wir.“

39

Kriminalhauptkommissar Reismüller saß schon am Schreibtisch, als seine Oberkommissarin zum Dienst erschien. Er hatte allerbeste Laune und wirkte gelöst und locker wie selten. „Darf ich meine schöne Mitarbeiterin auf einen morgendlichen Drink in unsere Kantine einladen? Wir sollten die Lösung unserer Fälle begießen. Schade, daß Tom nicht dabei sein kann. Der hat heute dienstlich in Edewecht zu tun.“

Sie saßen vor ihren Getränken.

„Du machst so ein nachdenkliches Gesicht, Ann-Kathrin, warum bist du in dich gekehrt, warum so ruhig und verhalten?“

„Ich denke die ganze Zeit nach. Mir gefällt einiges nicht so ganz. Bei unserer Aufklärung, weißt du, ist mir manches zu einfach, zu glatt.“

Reismüller sah sie erstaunt an. „Ich verstehe nicht so ganz.“

„Ich will mal so anfangen. Horst-Wendelin Schöllenberger hat Marek Boguljubow im Streit getötet, das ist klar. Ob das ganz gezielt oder aus dem Affekt heraus geschehen ist, wissen wir nicht. Im zweiten Fall wäre es ja nur Totschlag. Aber egal. Das soll uns jetzt weniger interessieren, zumal unser Bankdirektor tot ist. Aber mich beschäftigt etwas anderes, und das läßt mich nicht los, nämlich die Sache auf Föhr, ich meine den Mord an Günter Baranowski."

„Wie meinst du das?"

„Das meine ich so: Der Schöllenberger hatte kein überzeugendes Alibi. Wir gehen davon aus, daß er in jener Nacht etwa zwölf, fünfzehn Minuten weg war."

„Ja und?"

„Überleg doch mal. Wir haben über folgendes nie nachgedacht. Hat denn Frau Schöllenberger ein Alibi? Kann nicht *sie* weg gewesen sein?"

„Und den Mord verübt haben?"

„Ja."

„Aber warum sollte sie? Hätte sie denn ein Motiv gehabt?"

„Ja." Und dann trug die Oberkommissarin vor, wie sich die Angelegenheit auch abgespielt haben könnte: „Der Erpresserbrief Baranowskis mit den kompromittierenden Fotos und der Aufforderung, nachts zum Hafen zu kommen, gelangt nicht in den Besitz ihres Mannes, sondern fällt ihr in die Hände. Sie sagt sich, daß ihr Mann zahlen wird, daß die Liebesspiele mit seinem weiblichen Lehrling irgendwann rauskommen und zu einem Skandal führen werden, der den Ruf und die gesellschaftliche Akzeptanz des Ehepaares auf ewig vernichtet. Das muß sie um jeden Preis verhindern. Nicht ihr Mann, sondern sie verläßt das Piratenfest und schlägt den total erstaunten

Baranowski mit einem Eisenrohr nieder. Sie imitiert damit den Mord an Boguljubow in Oldenburg, um ihren Mord gegebenenfalls ihrem Mann, auf den sie wegen der Sexgeschichte mit Ellen Winkelborn einen unbändigen Zorn hat, zur Not in die Schuhe schieben zu können."

Reismüller nickte. „Ja, sie hat ein Motiv." Und dann spann er mit seiner Kollegin den Faden weiter. Erika Schöllenberger zeigt ihrem Mann den Erpresserbrief und die Fotos und hat ihn, ja auch wegen der Sache mit Boguljubow, in der Hand. Da ist noch das Problem Ellen Winkelborn. Die hat eigentlich allen Grund wegen der Fotos und des Erpressungsversuchs zu schweigen. Aber wird sie dichthalten oder doch vielleicht irgendwann reden? Es gibt nur eines: Die muß auch weg. Sie überredet oder zwingt ihren Mann, das Mädchen zu töten. Er tut das, wobei der Ablauf ja bekannt ist.

„Die ganze Sache ist aber nicht im Sinne der Frau Schöllenberger gelaufen", stellte Reismüller fest, „unsere Aktivitäten waren ihr nicht ganz geheuer."

„Genau. Jetzt muß sie ihre Haut retten, und was macht sie? Sie lastet alles ihrem Mann an. Denk mal an unseren gestrigen Besuch bei ihr. Erst hat sie ihren Mann kurz zum Schein verteidigt und ihn dann voll in die Pfanne gehauen."

„So mag es gewesen sein", räumte Reismüller ein. „Aber es sind nur Vermutungen. Nun gut, auf denn zu der höchst ehrenwerten Frau Bankdirektor. Mit der reden wir ein paar Takte."

Erika Schöllenberger war zu Hause. Sie trug schwarz, wirkte aber nicht wie eine tieftraurige Witwe. Aus ihrem Unmut über das erneute Erscheinen der Polizei machte sie keinen Hehl. Immerhin bat sie die beiden Besucher ins Wohnzimmer und bot ihnen einen Platz an.

Reismüller kam ohne Umschweife und ohne besondere Rücksichtnahme zur Sache. „Wir halten es für möglich, Frau Schöllenberger, daß nicht Ihr Mann den Mord auf Föhr begangen hat, sondern daß Sie die Täterin sind!"

Sie lachte lauthals. „Kleiner Spaß am frühen Vormittag, Herr Kommissar? Können Sie sich vielleicht vorstellen, daß mir alles andere als nach Scherzen zumute ist?"

„Das Alibi vom Kurgartensaal ist geplatzt. Und statt Ihres Gatten können ja auch Sie die Festivität kurz verlassen haben."

„Sie trauen mir wirklich zu, daß ich den Menschen getötet habe?" Sie erhob sich, trat ans Fenster und sah kopfschüttelnd nach draußen.

„Ich hab noch ein paar Pfeile im Köcher", raunte Ann-Kathrin Herzheim ihrem Chef zu, „die mir gerade aufgegangen sind." Sie stand auf und ging auf die Hausherrin zu. „Der Schlag auf Baranowskis Kopf war nicht tödlich; er hatte nur zur Bewußtlosigkeit beim Opfer geführt. Ein Mann, so wie Ihrer im Fall Boguljubow, schlägt wuchtiger und härter zu, tödlich. Und nun passen Sie genau auf! Wir waren bisher davon ausgegangen, daß sich Baranowski beim Treffen, zum Beispiel durch ein plötzliches Geräusch auf der gegenüberliegenden Seite des Hafenbeckens, unachtsam umgedreht und in dem Moment den Hieb bekommen hat, und zwar auf die rechte Seite zwischen Hals und Kopf. Mir sind Zweifel gekommen, daß es so abgelaufen ist. Baranowski wird der Person kaum den Rücken zugekehrt haben, auch nicht für den Bruchteil einer Sekunde. Die beiden standen sich vielmehr Angesicht zu Angesicht gegenüber. Ohne lange zu zögern, schlug der Täter oder die Täterin blitzschnell zu. Dabei müßte ein Rechtshänder wie Ihr Mann die linke Kopfseite beim Opfer getroffen haben. Es war aber die andere Seite, auf der der Schlag gelandet ist, und das mußte ein Linkshänder oder, besser gesagt, eine Linkshänderin gewesen sein. Und Sie, Frau Schöllenberger, sind, wie ich beobachtet habe, Linkshänderin."

Die Bankiersgattin kam vom Fenster zurück, ließ sich in den Sessel fallen, schlug die Beine übereinander und verschränkte die Arme. Sie schwieg weiter.

„Da ist noch was", fuhr die Oberkommissarin fort. „Als wir gestern über Günter Baranowski sprachen, sagten Sie, Sie kennen ihn nicht, absolut nicht. Beim Verabschieden dann, als wir noch ein paar Worte wechselten, rutschte Ihnen die Bemerkung heraus, er sei ein schmieriger, unflätig grinsender Typ. Also sind sie ihm sehr wohl begegnet, und zwar in der Nacht, in der Sie ihn ermordet haben. Und Sie hatten ein Motiv."

Für Erika Schöllenberger klangen diese Worte wie Peitschenhiebe. Sie sackte in ihrem Sessel zusammen und war plötzlich leichenblaß. Auf ihrem Gesicht erschien ein maskenhaftes Lächeln. Dann richtete sie sich auf. Ihre Selbstsicherheit war wie weggeflogen, und es brach aus ihr heraus: „Ja, ja, Sie haben recht. Ich bin es gewesen. Ich habe diesen Erpresser getötet."

Die beiden Besucher erfuhren jetzt die ganze Wahrheit: Baranowski hatte beobachtet, daß Frau Schöllenberger ihr Haus auf Föhr zum Einkaufen verlassen hatte. Er wußte, daß ihr Mann allein da war. Schnell hatte er den Umschlag mit dem Erpresserschreiben und den Sexfotos vor die Haustür gelegt, stürmisch geklingelt und sich eiligst entfernt. In dem Moment war Erika Schöllenberger, die ihr Portemonnaie vergessen hatte, zurückgekommen und in den Besitz des Umschlags gelangt, bevor ihr Mann aus dem hinteren Teil des Gartens an die Tür gekommen war. Von der Sache hatte er nichts mitbekommen und sich wieder in den Garten zurückgezogen. Erika Schöllenberger hatte sofort den Umschlag geöffnet und den verräterischen Inhalt vorgefunden. Eiskalt hatte sie von dem Moment an alles Weitere geplant und durchgezogen. Zur geforderten Zeit hatte sie nachts den Festsaal in Richtung Toiletten und Garderobe verlassen und war zum Hafen geeilt. Der dort wartende Baranowski war irritiert und konsterniert, daß nicht Schöllenberger, sondern dessen Frau plötzlich auftauchte. Den Überraschungsmoment hatte sie genutzt und in Sekundenschnelle mit der aus der Garage mitgenommenen kurzen Eisenstange zugeschlagen, den Bewußtlosen gepackt und ins Hafenbecken gestoßen.

Hauptkommissar Reismüller stand auf. „Frau Schöllenberger, ich nehme Sie fest wegen Mordes an Günter Baranowski."

Sie nickte und erhob sich.

40

Kriminaloberkommissarin Ann-Kathrin Herzheim saß in ihrem Dienstzimmer am Schreibtisch. Heute würde sie eher als sonst Feierabend machen. Erika Schöllenberger war dem Haftrichter vorgeführt worden, und nach der Hektik der letzten Tage war Ruhe eingekehrt. Ann-Kathrin dachte an den Besuch von Rosemarie Lohnekamm. Der mußten sie dankbar sein für ihre offenen Worte, die ihnen so sehr weitergeholfen hatten. Das

Mädchen tat ihr leid, schließlich hatte es seine beste Freundin verloren. Ich könnte kurz anrufen und mich bei ihr bedanken, sagte sich Ann-Kathrin Herzheim.

Rosemarie Lohnekamm war am Apparat. Sie erschrak zunächst über den Anruf, war aber schnell beruhigt, als sie merkte, daß es nicht um einen weitere Befragung ging. Die beiden unterhielten sich eine Weile.

Das Gespräch war zu Ende, und die Oberkommissarin freute sich, ein paar Worte mit dem jungen Mädchen gewechselt zu haben. „Ich wünsche Ihnen alles Gute, Rosemarie", sagte sie beim Verabschieden freundlich.

„Danke, das wünsche ich Ihnen auch."

Die Oberkommissarin hatte jemandem etwas versprochen. Das würde sie jetzt einlösen. Sie nahm das Telefonbuch zur Hand, fand schnell die gesuchte Nummer und wählte sie. Am Apparat war Dr. Gollenwald. „Haben Sie heute abend Zeit?" fragte sie.

„Für Sie immer", antwortete er und freute sich riesig. „Ich würde eine wichtige dienstliche Veranstaltung, und sei es im Kultusministerium, Ihretwegen sausenlassen."

„Nicht nötig", lachte sie, „Sie haben ja Ferien. Ich will mein Versprechen einlösen. Paßt acht Uhr? Ich hole Sie ab."

„Jede Tages- und Nachtzeit paßt. Ich freue mich. Bis nachher."

Ann-Kathrin Herzheim aß eine Kleinigkeit, duschte und zog sich eine dezent geblümte Sommerbluse und einen dazu passenden luftigen Rock an. Als sie vor seinem Haus am Mehlbeerenweg anhielt, stand er schon an der Tür und winkte ihr zu. Auch er hatte sich in Schale geworfen: hellbrauner Blazer, offenes weißes Hemd, dunkle Cordhose.

„Ich bitte einzusteigen."

„Danke. Wohin geht die Fahrt?"

„Nach Bad Zwischenahn; ist der Herr Direktor einverstanden?"

„Ihnen folge ich an jedes Ziel."

Sie fuhren auf die Bloher Landstraße und nahmen von dort die alte Bundesstraße über Wehnen und Neuenkruge. Auf dem Parkplatz beim *Strandcafé* hielten sie an, stiegen aus und fanden im gut besetzten Café einen Zweiertisch auf der anheimelnden Außenterrasse, direkt am Wasser.

Es war ein warmer, milder Abend. Ein leichter Wind kam vom See her und brachte eine angenehme Abkühlung. Eines der weißen Fährschiffe und ein paar Segelboote fuhren vorbei, vier, fünf Tretboote schipperten in Ufernähe herum, ein paar Ruderboote zogen weiter hinten gemächlich durch das Wasser.

Gollenwald zog seinen Blazer aus und hängte ihn über seinen Stuhl. Die Bedienung kam und brachte für ihn einen trockenen Frankenwein. Ann-Kathrin hätte sich gerne angeschlossen, trank aber eine Apfelschorle, weil sie noch fahren mußte.

„Ihre Fälle scheinen gelöst zu sein", sagte Gollenwald.

„Ja, das sind sie. Jetzt sind Sie neugierig und wollen Einzelheiten wissen."

„Liebend gerne, soweit Sie aus der Schule plaudern dürfen."

Sie lachte bei dieser Formulierung. „Da gibt es eigentlich Grenzen für mich. Aber wir sind sozusagen beide vom Fach, Sie im Buch, ich in der Praxis."

Dann erzählte sie ihm von den drei Verbrechen, den darin verstrickten Personen, den Zusammenhängen, den Aufklärungsarbeiten, den falschen Fährten, die sie beschritten hatten, und von der endgültigen Auflösung. „Sie bringen davon aber bitte keine Details in Ihrem Kriminalroman.“

„Natürlich nicht. Den habe ich übrigens fast fertig. Ich doktere nur noch an einem knalligen Schlußteil herum. Da warte ich noch auf eine Eingebung.“

„Der Titel des Buches war doch ‚Mörderische Sommerferien‘.“

„Ja, finden Sie das zu reißerisch?“

„Na ja“, sie suchte nach Worten, „es hört sich immerhin vielversprechend an. Ich werde den Krimi natürlich lesen.“

„Das freut mich. Sie bekommen das erste druckfrische Exemplar mit persönlicher Widmung vom Autor.“

Sie plauderten weiter, sie über ihren, er über seinen Beruf, beide über ihren Lebensweg, ihre Hobbys. Mittlerweile war die Zeit vorangeschritten. Die Sonne hatte sich längst hinter den Bäumen am westlichen Zwischenahner Meer verzogen, und es begann zu dunkeln.

„Darf ich mal etwas Indiskretes fragen? Sie sind so eine ausgesprochen attraktive Frau. Gibt es keinen Mann in Ihrem Leben?“

„Das dürfen Sie fragen. Nein, gibt es nicht. Ich weiß selbst nicht so genau warum. Vielleicht die Arbeit, der Beruf; der Richtige ist noch nicht auf der Bildfläche erschienen.“

„Bei Ihrem Aussehen und, wenn ich das so direkt sagen darf, Ihrer Figur müssen doch die Kavaliere geradezu Schlange stehen.“

Sie lachte. „Danke für das Kompliment. Die Schlange muß meiner Aufmerksamkeit entgangen sein.“

„Dann gibt es keine Schlange?“

„Und wenn es sie gäbe?"

„Dann würde ich mich in sie einreihen."

„Am Ende der Schlange?"

„Nein, wegen des Zielobjekts würde ich mich vordrängeln – an die erste Stelle."

Sie lachte amüsiert. Dann sah sie auf die Uhr. „Es ist spät geworden, ich denke, es ist Zeit zum Aufbrechen."

Sie ließ nicht zu, daß er bezahlte. Es war schließlich ihre Einladung. Vor dem Parkplatz machten sie einen Schlenker nach rechts und bummelten ein Stückchen am Wasser entlang. Sie kamen an der Mühle vorbei, am bekannten *Spieker* und an der erleuchteten Wandelhalle. Beim alten Kurhaus machten sie kehrt. Die Strahlen der hohen Laterne am verlassen daliegenden Schiffsanleger fielen auf das glitzernde Wasser am Ufer; es schien, als tanze das Licht auf den leicht anlaufenden Wellen.

Sie saßen im Wagen und fuhren auf Oldenburg zu.

„Übrigens, Sie werden sich in meinem Roman wiederfinden."

„Doch wohl nicht als Mörderin?"

„Nein, als bildhübsche Privatdetektivin, die die verzwicktesten Fälle löst und am Ende die große Siegerin ist."

„Lerne ich wenigstens im Buch den Mann fürs Leben kennen?"

„Aber sicher."

„Hat der – ganz zufällig – Ähnlichkeit mit Ihnen?"

„Wie der Zufall im Leben manchmal so spielt: große Ähnlichkeit."

„Und was tut sich zwischen den beiden?"

„Er fragt sie, nachdem sie sich mehrfach begegnet sind, ob er sie nicht mit ihrem schönen Vornamen anreden und ‚du' sagen dürfe."

Ann-Kathrin lachte. „Habe verstanden, gut, Hans-Wilhelm." Sie reichte ihm die Hand zur Besiegelung.

„Die beiden küssen sich natürlich – im Roman, meine ich."

Sie lächelte. „Habe wieder verstanden. Sicherlich züchtig auf die Wange. Aber doch nicht hier im Auto."

„Vor der Haustür nach Primanerart auch nicht. Ich habe einen halbtrockenen Dornfelder Rotwein im Keller, was hältst du davon?"

„Bei mir liegt ein kühler Prosecco bereit, und davor würde ich uns einen Latte Macciato machen."

„Klingt verlockend. Also auf in die Gemächer der Frau Oberkommissarin."

Sie betraten Ann-Kathrins Appartement und gingen ins Wohnzimmer. Gollenwald hatte kaum ein Auge für die moderne, aber nicht ungemütliche Einrichtung: die Sitzgruppe mit Ikea-Möbeln, den farbenprächtigen Berberteppich, die schwarzweiße Musiktruhe und den großen Bücherschrank, der mit einer Menge Gegenwartsbelletristik, aber auch einer Fülle von Sachbüchern ausgestattet war.

Er sah Ann-Kathrin an und ging auf sie zu. „Ich habe noch etwas gut bei dir."

„Ich weiß." Sie legte ihre Arme um seinen Hals, öffnete ihre Lippen und küßte ihn.

Sie fanden sich im Schlafzimmer wieder. Sie zog ihre Bluse aus, dann ihren Rock und stand, nur noch im BH und engem Slip, vor ihm. Seinen Blazer hatte er in der Garderobe gelassen. Sie knöpfte sein Hemd auf, streifte es ab und öffnete seine Hose, die zu Boden fiel. Sie gingen zum Bett.

„Wie hast du's gerne?" flüsterte er ihr ins Ohr.

„Leg dich hin; ich sag's dir gleich." Sie beugte sich über ihn und küßte ihn wieder, seinen Mund, seinen Körper. Ihre Hände streichelten ihn. Sie schob den Slip, den er noch anhatte, ein Stückchen nach unten.

„Ich mag's gar nicht sagen, wie ich's gern habe."

„Flüstere es mir ins Ohr."

Sie tat es, und sein Blick signalisierte Zustimmung. Sie öffnete ihren Nachttisch und zog ein Paar Handschellen heraus. „Ich lege eine um deinen linken Arm, die andere um meinen rechten, dann sind wir für heute nacht miteinander verbunden."

„Spannend", sagte er erregt.

„Den Schlüssel lege ich dann hier auf die Platte; du kannst ihn jederzeit greifen und bist Herr der Situation."

„Das ist gut." Er streckte ihr den rechten Arm entgegen. Sie legte die Handschelle an.

„Und nun deinen linken", forderte er.

„Ja, hilf mir dabei." Sie nahm seinen linken Arm. Blitzschnell legte sie die andere Fessel darum und ließ sie zuschnappen.

Er lachte. „Gelernt ist gelernt, Frau Oberkommissarin. Das hast du in deinem Beruf bestimmt schon öfter gemacht. Aber hier ist es ja ein Spiel, irgendwie ein prickelndes, aufregendes Spiel."

„Es ist kein Spiel, Herr Dr. Gollenwald. Ich bin jetzt im Dienst und verhafte Sie."

Er sah sie konsterniert an. „Was soll das? Gehört das nun zum Spiel dazu?"

„Nein, es ist bitterer Ernst. Ich nehme Sie fest – wegen Mordes an Ellen Winkelborn."

Dr. Gollenwalds Gesicht war aschgrau und wie versteinert. „Ich soll das Mädchen umgebracht haben?" Er lachte, aber es war ein gequältes, gekünsteltes Lachen.

„Es hat keinen Sinn zu leugnen. Ich weiß Bescheid. Kleine Kostprobe gefällig? Ellen Winkelborn wurde am Abend vor ihrem Tod auf Langeoog angerufen – von ihrem Mörder. Es ging ihm um ein dringendes, ein tödliches Treffen am nächsten Tag. So, und der Anrufer waren Sie."

„Wieso ich?"

„Ganz einfach. Die Telekom konnte, das war allerdings zeitraubend, aufgrund von Ellens Handynummer den Anschluß des Anrufers herausbekommen – Ihren Anschluß!"

„Verflucht." Gollenwald schüttelte den Kopf. „Ich hätte mich von einer Telefonzelle aus melden sollen."

„Das wäre völlig egal gewesen." Sie sah ihn fast belustigt an. „Auch ein Krimi-Autor macht Fehler. Eine Telefongesellschaft kann in so einem Fall gar nicht den Anrufer feststellen."

„Dann war das eben ein Bluff!"

„Richtig erkannt."

Nach kurzen Sekunden Stille, in denen sich die beiden nur ansahen, erhob sich Gollenwald und ging mit seinen gefesselten Händen auf Ann-Kathrin Herzheim zu.

Die hatte plötzlich eine Pistole in der Hand und richtete sie auf ihn. „Ziehen Sie Ihr Hemd und Ihre Hose an!" Sie half ihm dabei und schlüpfte, ihn mit ihrer Dienstwaffe fest im Auge behaltend, in ihre Kleidung. „Wir gehen jetzt ins Wohnzimmer, setzen uns dort hin und werden ein bißchen miteinander plaudern. Sie werden mir alles erzählen."

Eines mußte man Gollenwald lassen. Er behielt in seiner Lage die Contenance. „Muß ich die Hände heben?" versuchte er zu scherzen. Sein Blick in die kalte Mündung der Pistole, einer treffsicheren P 99 mit Magazin, und in das entschlossene Gesicht der Oberkommissarin bewiesen ihm aber, daß es hier bitterer Ernst war. „Gut, plaudern wir also miteinander. Aber eine Bitte. Warum auf einmal ‚Sie'? Wir duzen uns doch und haben das schließlich besiegelt. Ich denke, wir bleiben auch in der neuen Situation dabei."

„Meinetwegen."

41

Es wurde ein langes Gespräch, an dessen Ende die Oberkommissarin letzte Klarheiten bekam ...

„Gut", sagte Dr. Gollenwald, „da ich als Täter nun schon entlarvt bin, sollst du alle Einzelheiten erfahren. Also, es fing damit an, daß Ellen bei einem Schulsportfest geschickt und unauffällig meine Nähe gesucht hatte. Mit ihrem hübschen Gesicht, ihrer schlanken Figur und dem eng anliegenden Sportdreß, der ihre mädchenhaften Formen so sehr betonte, war es ihr leichtgefallen, mein Interesse für sich zu wecken. Sie hatte mich dann einfach am nächsten Tag abends zu Hause angerufen, und wir hatten uns zu einem Treffen verabredet. Ich verstehe das alles heute ja selbst nicht. Irgendwie hatte mich Ellen, die ja immerhin meine Schülerin war, in ihren Bann gezogen. Jedenfalls war ich ihren Reizen bald erlegen.

Wir hatten uns in der Folgezeit einige Male getroffen. Um nicht in Oldenburg zusammen gesehen zu werden, waren wir immer in die nähere Umgebung rausgefahren und hatten einsame Stellen gesucht. Du wirst lachen, ja bei den Ahlhorner Fischteichen, dem Neuenburger Urwald, im Wildeshausener Naturpark – und an der Weser waren wir. Dieses durchtriebene kleine Luder hatte es so eingerichtet, daß ihr Freund, der Baranowski, ohne daß ich etwas bemerkt hatte, sehr intime Fotos von dreien der Treffen schießen konnte. Ja, und dann hatte ich eines Tages einen Brief mit ein paar aufregenden Bildern bekommen. Ich kann dir den Inhalt auswendig sagen:

> *Hallo, werter Herr Direktor,*
> *finden Sie die Fotos nicht auch schön? Aber keine Angst! Wir werden sie zurückhalten und nicht nach außen gehen lassen. Allerdings das nur, wenn Sie unsere kleinen Wünsche erfüllen. Hauptwunsch – oder sagen wir besser – Hauptforderung ist, daß Ihr Schüler Günter Baranowski das Abitur besteht. Sollte er durchfallen, wäre das unheimlich schlecht für Sie!*

Ann-Kathrin Herzheim verzog keine Miene und hörte aufmerksam und atemlos zu.

„Natürlich hatte ich sofort Ellen Winkelborn angesprochen. Die hatte mir geantwortet, daß das alles eine Idee und eine Aktion von ihrem Freund sei, mit dem sei nicht zu spaßen."

„Ging das zwischen dir und der Ellen so weiter?"

„Nein, natürlich nicht. Wir hatten nur noch ein paarmal telefonisch Kontakt, sonst war nichts. Ich war über die ganze Sache, wie du dir denken kannst, natürlich fürchterlich besorgt, ehrlich gesagt, ich hatte Angst. Die Forderung Baranowskis hätte ich übrigens nie erfüllt, ganz abgesehen davon, daß es gar nicht in meiner Macht gestanden hätte, einen Schüler trotz schlechter Leistungen durchs Abi zu schleusen."

„Der Tod des Burschen muß dir äußerst gelegen gekommen sein."

„Und wie. Ich war heilfroh, logisch und hatte mich sofort mit Ellen Winkelborn in Verbindung gesetzt. Die hatte mir aber plötzlich nur kalt und dunkel erklärt, sie habe genügend Fotos von uns und würde sie zu gebrauchen wissen. Unabhängig von dieser Sorge hatte jetzt ein anderes Problem vor mir gestanden. Durch den Mord an Baranowski wart ihr bei euren Ermittlungen auf die Winkelborn gestoßen. Das hatte ich ja alles durch dich mitbekommen. Ich war plötzlich aufgeschreckt und hatte große Angst, daß das Mädchen unter dem Druck von eurer Befragung beziehungsweise eurem Verhör alles ausplaudert und die Fotos bekannt würden. Das durfte auf gar keinen Fall geschehen. Sex mit einer Schülerin – ich hätte mein Amt verloren, ganz zu schweigen von meinem vorgesehenen Aufstieg ins Kultusministerium. Man hätte mich sozusagen in die Wüste geschickt."

„Und da hattest du beschlossen, sie aus dem Weg zu schaffen."

„Nein ... ja, eigentlich nicht, noch nicht. Ich wußte von dir, daß dein Chef nach Langeoog gefahren war, um die Ellen zu interviewen. Ich hatte sie dann gleich danach angerufen, um mich zu vergewissern, daß sie dem Hauptkommissar nichts von mir gesagt hatte."

„Das hatte sie ja auch nicht."

„Dann hatte ich sie für den nächsten Tag um ein ganz dringendes Treffen gebeten, um alles in Ruhe zu besprechen und sie von Aktionen gegen mich abzubringen. Sie war mit dieser Begegnung einverstanden und hatte zum Schluß unseres Telefonats ins Handy geflüstert, sie müsse mir ohnehin etwas Wichtiges sagen."

„Du hast sie in Sande in der Nähe des Bahnhofs abgeholt."

„Ja. Alles Weitere ist euch ja wohl bekannt."

„So ziemlich."

„Jetzt habe ich aber eine Frage. Wie bist du auf mich gekommen?"

„Das war schwierig und geschah erst ziemlich spät. In diesem verzwickten Mörderspiel hat es lange gedauert, bis wir die Puzzleteile zusammenfügen konnten. Uns war ja klar geworden, daß Horst-Wendelin Schöllenberger den Boguljubow umgebracht hatte. Wir waren dann aufgrund unserer Recherchen davon ausgegangen, daß er auch für den Tod von Günter Baranowski und Ellen Winkelborn verantwortlich war. Was den Mord an Ellen anging, hatte alles auf ihn hingedeutet, nämlich unter anderem das klare Motiv, seine Fingerabdrücke in der Winkelbornschen Wohnung und das fehlende Alibi."

„Und dann warst du trotzdem auf mich gekommen."

„Ja, vor ein paar Tagen hatte ich einen ersten flüchtigen Gedanken in diese Richtung gehabt, eigentlich ganz intuitiv. Du hattest unter anderem bei unserem Treffen im *Ratskeller* so intensiv nach den drei Mordfällen gefragt. Sicher war das aus Neugier als Krimi-Autor geschehen, aber deine besondere Beschäftigung mit dem Tod der Ellen Winkelborn war mir aufgefallen. Du hattest ja das Mädchen als deine Schülerin gekannt. Und noch etwas. Sie hatte sich an den betuchten Bankdirektor Schöllenberger rangemacht. Warum nicht auch an einen anderen in Frage kommenden Mann, habe ich mich gefragt.

Ich muß aber eines einräumen. Der Verdacht gegen dich schien mir so ungeheuerlich und abenteuerlich, daß ich schnell davon abgerückt war – bis gestern morgen. Da hatte mir Rosemarie Lohnekamm nachträglich etwas gesagt. Sie hatte nämlich einen Ausspruch Baranowskis wiedergegeben, der etwa so lautete: ‚Ich werd meine Reifeprüfung schon bestehen. Dafür wird von höchster Stelle gesorgt werden.'"

Gollenwald schüttelte seinen Kopf und verzog sein Gesicht. „Eines verstehe ich nicht. Der Schöllenberger hatte doch, wie ich von dir weiß, gestanden, alle drei Menschen getötet zu haben."

„Eigentlich schon, aber nicht so direkt. Diese Sache war mir heute morgen auch durch den Kopf gegangen. Als ihm mein Kollege Reismüller gestern kurz vor seinem Todessprung den Mord an Ellen Winkelborn vorgehalten hatte, hatte er nur lauthals geschrien, wir sollten doch denken, was wir wollten, und die habe es nicht anders verdient. Genau genommen war das kein Geständnis. Mir waren aber auch Zweifel an Schöllenbergers Schuld gekommen, weil ich ihm dann auch ein so minutiös durchgeplantes Verbrechen ohne Hinterlassung von Spuren nicht zugetraut hatte – im Gegensatz zu dir."

„Danke für die Blumen."

„Ja, mein Verdacht gegen dich war stärker geworden. Aber da war immer noch die Frage nach deinem Motiv gewesen. Gut, da waren die Sexbilder, aber reichten die aus, zumal du ja nur noch Ellen Winkelborn fürchten mußtest und nicht mehr ihren Freund. Wir wußten, daß deine Schülerin im zweiten Monat schwanger war." Dabei sah sie Gollenwald an, der keine Regung zeigte. „War

Baranowski der Vater, oder war es der Bankdirektor? Heute morgen haben wir das Ergebnis der DNA-Analyse auf den Tisch bekommen. Keiner der beiden war es! Es mußte also ein Dritter im Spiel sein. Und dieser Dritte mußtest du sein. Du bist der Vater. Wir waren von Anfang an davon ausgegangen, daß der Vater des Ungeborenen der Mörder ist, weil es aus seiner Interessenlage heraus nicht zur Geburt des Kindes kommen durfte."

„Und wenn ich nicht der Vater bin?"

„Hast du Zweifel daran? Habt ihr denn verhütet?"

„Sie hat mir vorgegaukelt, die Pille zu nehmen und hat es wohl nicht getan. Aber deswegen muß ich immer noch nicht der Vater sein."

„Dann paß auf. Ich erzähl dir jetzt etwas. Mir fehlte da noch was. Deswegen hab ich heute die Rosemarie Lohnekamm angerufen. Vielleicht hatte sie beim letzten Gespräch nicht daran gedacht, oder ich habe nicht direkt genug gefragt. Ellen Winkelborn hatte ihr kurz von ihrer Schwangerschaft erzählt. Rosemarie hatte natürlich spontan nach dem Vater gefragt. Den Namen hatte Ellen aber nicht preisgeben wollen. ‚Den Vater verrate ich nicht', war ihre Antwort gewesen. Als die Freundin nachgebohrt und sie weiter bedrängt hatte, hatte ihr Ellen, wohl um weiteren lästigen Fragen aus dem Weg zu gehen, einen kleinen Fingerzeig gegeben. Sie hatte Rosemarie ganz kurz eines der prekären Fotos gezeigt, auf dem ein Mann zu sehen war. Sein Kopf war durch den Körper Ellens verdeckt, die, mit Rücken zur Kamera positioniert, vor ihm kniete. Trotzdem war der gut gebaute Körper einer großgewachsenen Person zu sehen. Rosemarie war klar gewesen, daß es sich nicht um den korpulenten Bankdirektor Schöllenberger handelte. Sie hatte das Foto im übrigen keiner Person zuordnen können, allerdings für einen flüchtigen Augenblick ein markantes Detail bemerkt. Am rechten Oberschenkel war nämlich ein auffallendes Muttermal zu sehen gewesen."

Als wenn ein kleiner Triumph in ihren Augen liege, sah die Oberkommissarin Dr. Gollenwald an. Der saß mit verdüsterter Miene da und starrte ausdruckslos vor sich hin. „Dann fehlte dir, als du mich heute abend anriefst, noch das letzte Glied in der Kette, noch die letzte Gewißheit?"

„Ja."

„Also war das heute abend alles nur Komödie, die Einladung nach Bad Zwischenahn, die Fahrt zu dir in deine Wohnung? Du wolltest dich nur wegen meines Muttermals vergewissern. Unser Kuß und alles Weitere hinterher war nur Taktik, nur ein Spiel?"

Sie zuckte mit den Schultern. „Das ist nun mal mein Job."

„Sind dir die Szenen mit mir sehr schwer gefallen?"

„Ehrlich gesagt, sie sind mir nicht schwer gefallen."

Es schien, als glitte ein leichtes, kaum wahrnehmbares Lächeln über Gollenwalds Gesicht.

Beide saßen ein paar Sekunden schweigend da.

„Wie ist es eigentlich mit dir und Ellen Winkelborn vom Sander Bahnhof an weitergelaufen?"

„Wir sind Richtung Wesermarsch gefahren, und sie hat mir von Reismüllers Besuch erzählt. Ich habe sie gebeten, mir die Fotos von uns auszuhändigen und die Sache zu vergessen. Das hat sie ziemlich kaltschnäuzig abgelehnt. Ja, und dann hat sie mir gestanden, daß sie schwanger ist – von mir. Ich wußte nicht aus noch ein und habe sie bekniet, das Kind abzutreiben. ‚Ich denke nicht daran', hat sie gesagt, ‚es hat ja einen zahlungskräftigen Vater.‘ Das war zuviel für mich. In dem Moment gab es für mich nur eines, nämlich sie umzubringen.“

„Jetzt weiß ich, warum Ellen sterben mußte.“

„Ich sah keine Alternative. Ich fuhr mit ihr an das kleine Wesersiel, wo wir schon mal waren. Meinen Wagen habe ich auf dem Schotterweg abgestellt, so daß er von der Straße nicht gesehen werden konnte. Sie hat nichts geahnt. An dem alten, verfallenen Bootssteg habe ich sie dann mit einem Stück Kordel, das ich bei mir hatte, erdrosselt, alles, was sie bei sich hatte, an mich genommen und die Leiche ins Schilfdickicht geworfen. Spät abends, nach Einbruch der Dunkelheit, bin ich in ihre Wohnung gefahren, habe sie in aller Hektik durchsucht und das Tagebuch mit den Bildern an mich genommen.“

„Dabei hast du Handschuhe angezogen, um keine Fingerabdrücke zurückzulassen.“ Gollenwald nickte.

„Sag, wo ist das Tagebuch?“

„Ihr werdet ja bei mir alles auf den Kopf stellen und es eh finden. Also kann ich’s sagen. Es liegt versteckt hinter einem Querbalken in einem abgeschlossenen Bodenraum. In dem Tagebuch befindet sich übrigens ein dicker Umschlag mit verschiedenem Bildmaterial.“

„Interessant. Das werden wir natürlich genau unter die Lupe nehmen.“

Man sah Gollenwald an, daß er nachdachte. „Eines beschäftigt mich“, sagte er schließlich, „warum inszeniertest du den heutigen Abend mit deiner Suche nach dem Muttermal? Hätte nicht eine molekulargenetische Untersuchung mit einer Speichelprobe von mir meine Vaterschaft bewiesen?“

„Da spricht der Herr Krimi-Autor. Du hast recht. Aber darauf wollte ich nicht warten. Es war mein Ehrgeiz, selbst und vor allem schnell die letzte Wahrheit herauszufinden und den Täter zu überführen. Aber da tat sich ein Problem auf. Der Vater des Ungeborenen mußte ja nicht unbedingt und automatisch der Mörder der angehenden Mutter sein. Du hättest auch bei einer erwiesenen Vaterschaft die Tat abstreiten können. Wäre es uns und der Justiz überhaupt gelungen, dir das Verbrechen nachzuweisen? Ich mußte deswegen anders vorgehen. Ich mußte dich überrumpeln und durch einen – zugegebenermaßen sehr persönlich-intimen – Überraschungscoup zum Geständnis bringen."

„Mit Erfolg", sagte Gollenwald nach einer Weile und sah Ann-Kathrin Herzheim an, „mit großem Erfolg. Die Polizei in Person einer attraktiven Oberkommissarin hat den Krimi-Autor besiegt."

„So ist es."

Ann-Kathrin Herzheim sah auf die Uhr. Mitternacht war lange vorbei. „Ich denke gerade folgendes. Du hast mir heute abend im Strandcafé erzählt, dir fehle noch die zündende Idee für ein knalliges, überraschendes Schlußkapitel deines Kriminalromans."

„Verstehe, du meinst, daß ich jetzt die Idee und gleichzeitig den Stoff dazu habe."

„Meinst du das nicht?"

„Doch, schon. Aber ich weiß nicht, ob ich das Buch zu Ende schreibe."

„Ich würd es an deiner Stelle tun. Du wirst viel Zeit dafür haben, unendlich viel Zeit", sagte sie gedehnt, „und viel Langeweile. Aber sie werden dir genügend Schreibmaterial genehmigen."

„Schöne Aussichten. Und ich habe mir die weiteren Ferientage so schön vorgestellt – mit dir."

„Ja. Das ist nun alles ganz anders gekommen. Es sind eben“ – die beiden folgenden Worte sprach sie mit Betonung aus – „mörderische Sommerferien.“

Kriminaloberkommissarin Herzheim hatte die ganze Zeit die Waffe auf Gollenwald gerichtet. Sie nahm jetzt ihr Handy mit der linken Hand und wählte eine Nummer. „Hallo Arnold und Tom, ihr könnt jetzt kommen.“

Oberstudiendirektor Hans-Wilhelm Gollenwald wußte Bescheid. „Wirst du mich mal besuchen, wenn's soweit ist?“ fragte er.

„Wenn ich Besuchserlaubnis bekomme, ja. Aber du weißt, daß wir nur unter Aufsicht miteinander reden dürfen.“

„Leider. Wie geht's jetzt weiter bei dir?“

„Ich werd erst mal Urlaub machen.“

„Wo soll es hingehen?“

„Schauen wir mal. Vielleicht brause ich ab Richtung Föhr, vielleicht geht's ja auch nach Langeoog.“

„Ich wünsch dir jedenfalls einen schönen Urlaub.“

„Danke.“

Es klingelte an der Haustür.